PRIX : **60** *centimes.*

. DE PARDIELLAN

L'IMPLACABLE

SERVICE

PARIS
ERNEST FLAMMARION, ÉDITEUR
26, rue Racine, 26,

L'IMPLACABLE SERVICE

A LA MÊME LIBRAIRIE

———

CAPITAINE DANRIT et P. DE PARDIELLAN

—

LA GUERRE DE DEMAIN

LE JOURNAL DE GUERRE

DU LIEUTENANT VON PIEFKE

2 VOLUMES IN-18, ILLUSTRÉS PAR PAUL DE SEMANT

Prix : **7 francs** *les deux volumes*

39651. — Imprimerie Lahure, rue de Fleurus, 9, à Paris.

L'IMPLACABLE

SERVICE

ROMAN DE CASERNE

D'après l'allemand de RUD. STRATZ

PAR

P. DE PARDIELLAN

———◇———

PARIS
ERNEST FLAMMARION, EDITEUR
26, RUE RACINE, PRÈS L'ODÉON

L'IMPLACABLE SERVICE

I

Le 13 Février.

Mille tonnerres !

Deux ou trois fois un fourreau de sabre heurta avec impatience la porte de la caserne.

Rien ne bougeait. On n'entendait que le bruit monotone de la pluie tombant au milieu de cette nuit d'hiver et interrompu de temps à autre par un coup de vent qui balayait en hurlant la rue noire et déserte.

Voici que résonne à l'intérieur un pas lourd et traînant :

— Qui vive ?

Le factionnaire, d'une voix endormie, répond :

— Un passant.

1.

Les pas s'éloignent dans la direction du poste où le sous-officier de garde, qui a les clefs dans sa poche, ronfle comme un bienheureux.

Au bout d'un instant, la serrure grince et la porte massive s'ouvre.

Le sous-officier Rother, de la 7e compagnie, le casque posé de travers sur la tête, cligne ses yeux, plonge un regard hébété dans la nuit et soudain se redresse à la vue d'un supérieur, d'un lieutenant de sa propre compagnie.

M. von Elcke loge à la caserne avec un certain nombre de jeunes officiers.

Le lieutenant pénètre dans le quartier. La pluie ruisselle de son casque étincelant, tombe sur son paletot et s'infiltre dans les crocs de sa moustache noire.

Il bâille.

— Eh bien.... C'est vous, Rother..., Je crois que vous pourriez mettre un peu plus d'empressement à ouvrir par ce temps de chien.

— A vos ordres, mon lieutenant, je ne savais pas que c'était mon lieutenant.

— C'est bien…. Bonsoir, Rother.

— Bonsoir, mon lieutenant.

A l'extrémité du couloir, on perçoit une

attaque d'arme. C'est la sentinelle qui rend les honneurs.

Le lieutenant salue, jette un regard distrait sur le corps de garde d'où s'élèvent de lourds ronflements et où il aperçoit, à la lueur incertaine d'une maigre lampe à huile, des êtres tordus sur le lit de camp dans les attitudes les plus extraordinaires, puis il tourne à droite sous la voûte balayée par les courants d'air et lentement, en laissant traîner son sabre, gravit les escaliers et traverse les corridors menant à son logement.

Pas un chat, pas un bruit dans ces bâtiments immenses qui abritent deux mille hommes.

Les vastes couloirs sont déserts, plongés dans une demi-obscurité qu'interrompent, tous les cinquante pas, des lumignons, de pâles veilleuses.

Dans les parties éclairées, on aperçoit dans un reflet jaunâtre les canons des fusils, rangés l'un à côté de l'autre, à perte de vue, dans les râteliers fixés au mur. Chacune des armes est munie d'une étiquette en carton avec le nom et la matricule de son détenteur.

De l'autre côté du corridor, se trouvent les fenêtres. Elles donnent sur la cour du quartier.

L'une d'elles est ouverte.

Le lieutenant s'y accoude et plonge ses regards dans les ténèbres.

A travers le ruissellement de la pluie, il semble entendre encore les accords de la dernière valse et revoit au milieu de l'obscurité qui l'entoure la salle de bal joyeusement illuminée, les traînes des robes, les rires argentins, les blanches épaules; mille doux parfums l'ont accompagné dans la muette solitude de la caserne.

Il tombe dans une rêverie profonde.

Tout à coup un bruit désagréable se fait entendre sur le toit : c'est l'échappement de la vieille horloge, qui se prépare à sonner.

Un, deux, trois, quatre, cinq.

Cinq heures du matin.

Le sommeil perdra ses droits aujourd'hui. Le temps de faire ses ablutions, de se changer, il sera six heures au moins et l'instruction des recrues commence à sept heures.

Le lieutenant, en proie à la mauvaise humeur, suit le corridor qui mène à son logement.

Chemin faisant, il s'arrête et entre-bâille l'une des portes qui mènent aux chambrées de ses bleus.

Une odeur épouvantable sort de cette pièce où règnent le silence et l'obscurité. La clarté douteuse qui vient du corridor permet de distinguer les contours des armoires et les lits étroits à deux étages, au nombre de vingt ou même davantage.

Dans ces lits, des masses ronflantes et immobiles affalées sur les paillasses[1] en toutes les attitudes possibles et impossibles. Là émerge un pied énorme, ici un bras se dresse à moitié; près de la porte s'agite une jambe musculeuse dont on ne peut voir le propriétaire, couché à l'étage supérieur, en dehors de la partie éclairée.

Un homme de la rangée du bas était éveillé et clignotait des yeux en regardant le lieutenant. Quelques autres s'agitaient aussi. A l'extrémité de la chambrée, quelqu'un soupirait profondément.

Elcke referma la porte et fut tout content de respirer à nouveau l'air frais du corridor.

Quel singulier contraste!

1. Le lit de troupe allemand ne comporte pas de matelas (N. du T.).

D'une part, ces chambres obscures avec leurs habitants grossiers et leur atmosphère étouffante, et de l'autre,— à un quart d'heure de date,— la salle de bal resplendissante de lumière, les accords enivrants de la valse viennoise et un être indéfini, un nuage de

tulle, un fouillis de blondes frisettes, un être adoré, aux grands yeux bleus, qui le fixait avec passion et, s'appuyant contre son épaule, se laissait entraîner dans le tourbillon des danseurs.

Ce rêve s'était évanoui, et il ne trouvait plus devant lui que la réalité, la triste réalité, l'odeur de la caserne, la nuit et la pluie.

— Quelle existence de chien ! murmura-t-il avec dépit, en ouvrant sa porte et en entrant dans sa chambre froide.

Sans se déshabiller il s'assit à la fenêtre et, les yeux vides, fixa la rue sombre.

La bougie placée sur la table l'éclairait d'une lumière vacillante....

Les traits de sa figure n'étaient pas réguliers ; ils ne respiraient même pas l'intelligence. Non, cette physionomie maigre, aux lèvres énergiques et minces, au nez crochu avec une paire d'yeux très vifs, présentait le type d'oiseau de proie, qui est, encore de nos jours, la caractéristique de certaines familles très anciennes de la Marche.

Ce sont des têtes qui en imposent aux femmes, car elles respirent la force.

Dieu sait avec quelle élégance il avait ouvert la danse, à cette fête du régiment, avec Alice Dahlem, la fille du colonel. Les quadrilles et les menuets avaient réussi à merveille.

Les dames lui en avaient d'ailleurs été reconnaissantes, à en juger par la foule d'accessoires de cotillon qui décoraient le côté gauche de sa poitrine.

Mais le lieutenant ne paraissait pas d'hu-

meur à suivre la tradition, ce jour-là, et à orner de ces trophées la glace de sa chambre. D'un geste mécanique et impatient, il les détacha et les jeta sur le rebord de la fenêtre, par terre, au hasard, tout en continuant à sonder les ténèbres.

Quelques lumières venaient d'apparaître dans le vieux bâtiment sombre qui occupait tout l'autre côté de la rue.

C'était le logement du colonel, un logement aux dimensions presque effrayantes. Le vieux comte Dalhem, veuf depuis longtemps, vivait avec sa fille et laissait une partie de la maison inhabitée.

Ces lumières prouvaient que, lui aussi, rentrait du bal.

Différentes pièces s'illuminèrent successivement, puis retombèrent dans l'obscurité.

Elcke resta encore un instant près de la fenêtre que venaient asperger de temps à autre des paquets de pluie, amenés par le vent, puis il céda sous la fatigue et s'endormit.

Il était près de six heures. Sous la voûte de la porte, le sous-officier Rother avait fait prendre les armes à la nouvelle pose des sentinelles.

Le factionnaire devant les armes fut relevé, puis les autres hommes replacèrent leurs fusils au râtelier et rentrèrent vivement au poste.

Le clairon seul resta dehors, décrocha son instrument et, sortant dans la cour, sonna le réveil :

« N'avez-vous donc pas encore-assez-dormi ? »

Telles sont les paroles que les troupiers ont adaptées à cet air.

Le clairon alla se poster un peu plus loin, traversant les cours de la caserne, et fit retentir à nouveau son avertissement éclatant :

« N'avez-vous donc pas encore-assez-dormi ? »

Et alors petit à petit la caserne s'anima. Une à une les fenêtres s'illuminèrent tout le long de la façade : des pas lourds et des interpellations se firent entendre dans les corridors et des fantômes enveloppés dans des capotes grises traversèrent lentement la cour dont le pavé reluisait.

— Bonjour, *pays*.

— Bonjour.

On se saluait sans se connaître, vu qu'il ne faisait pas encore jour.

En bas, dans la cour, le cantinier, aidé par ses garçons, enlevait les barres massives de ses volets et préparait le café et les petits verres du matin. La grande porte du quartier s'ouvrit avec un cri plaintif et la sentinelle devant les armes sortit de dessous la voûte et alla se poster dans la rue toute luisante d'humidité.

La vie renaissait partout. Des portes qui battaient, des pompes qui gémissaient, des pas qui résonnaient dans les corridors, des voix qui appelaient, des bâillements et des jurons qui s'envolaient par les fenêtres larges ouvertes se confondaient en un vacarme assourdissant et désordonné. C'était une nouvelle journée qui commençait.

La même animation régnait dans la chambrée à laquelle appartenait le mousquetaire Frey, l'ordonnance du lieutenant von Elcke.

Les fenêtres étaient ouvertes. En vain le poêle mourant luttait contre l'air glacial et humide, qui pénétrait du dehors et faisait

danser la flamme de la petite lampe placée
sur la table.

Éclairée par cette lumière crépusculaire,
la chambrée produisait une impression chao-
tique. Tout était pêle-mêle : des lits ravagés,
des effets d'habillement jetés au hasard sur
les escabeaux à trois pieds, les armoires à
demi ouvertes recélant un fouillis d'uniformes, de brosses, de pain, de bottes et
autres choses encore, des tuniques et des
pantalons mouillés se balançant après les
cordes tendues en travers de la chambre et
répandant l'odeur si désagréable particulière au drap humide.

Au milieu de ce désordre s'agitaient les
hommes, dix-huit ou vingt individus, en
effets de treillis avec des chaussures bruyantes, qui secouaient leurs paillasses ou s'é-
brouaient dans des cuvettes de grès où ils
plongeaient brusquement la tête pour la
retirer toute ruisselante; d'autres mettaient
leur tunique numéro quatre, ficelaient au-
dessus de la cheville leurs gros pantalons,
de manière à entrer plus facilement dans

leurs bottes et descendaient ensuite d'un pas mal assuré à la cantine, afin d'y prendre vivement quelque chose de chaud.

Pendant ce temps, l'homme de chambre balayait la chambrée, le sous-officier gourmandait son brosseur qui ne lui avait pas apporté assez vite, de la cantine, les petits pains et la tasse de café noir ou plutôt du breuvage affublé de ce nom, et de toutes les pièces donnant sur le corridor sortait le même bruit confus.

Le mousquetaire Frey, étant prêt à marcher, entra dans la chambre de son officier, qui dormait encore profondément dans son lit.

— Mon lieutenant.

Pas de réponse.

— Mon lieutenant.

L'ordonnance toucha légèrement l'épaule de son maître :

— Mon lieutenant, c'est six heures et demie.

Elcke se réveilla en sursaut et le fixa d'un air égaré.

— Six heures et demie, dis-tu?

— A vos ordres, mon lieutenant.

— Tonnerre!...

En un clin d'œil il fut debout.

— Il faut que je me change. Vivement, ma vieille tunique, une culotte, de grandes bottes.

Tout était prêt. Le brave mousquetaire avait disposé les effets dès la veille.

— Est-ce que tu marches aussi aujourd'hui? demanda le lieutenant, qui était passé dans son cabinet de toilette.

— A vos ordres. Les anciens qui ne sont pas de garde ont service en campagne, du côté de Mattenwaag. On a distribué cinq cartouches à blanc par homme.

Elcke sortit; son ordonnance venait derrière lui.

En arrivant sur la porte, il se trouva au milieu d'un brouillard épais et gris; on ne pouvait encore distinguer que les objets placés à petite distance; le reste se perdait en des contours vagues, derrière un voile opaque formé par la nuit et la brume.

A travers ce rideau, l'on perçut un grince-
ment bref mais intense : c'était l'horloge qui
se préparait à sonner sept heures.

Le lieutenant descendit le corridor jusqu'à
la hauteur des trois chambrées dans les-
quelles ses recrues devaient assister, de sept
à huit, à une théorie faite par les sous-officiers. Sa présence était d'autant plus nécessaire ce jour-là, au lendemain d'un bal, que
tout le monde s'attendait à ne pas le voir.

Il ouvrit la première porte.

Les jeunes soldats, sur deux rangs, étaient
assis sur leurs escabeaux, au-dessous de la
lampe accrochée au plafond. Ils étaient en
effets de treillis, nu-tête, les mains posées à
plat sur leurs genoux.

Quand il parut, ils se levèrent précipitam-
ment et conservèrent l'immobilité. Le sergent Kuhnert alla au-devant de l'officier et,
prenant une attitude militaire, lui rendit
compte :

— Un sous-officier, deux appointés et
vingt-trois hommes à la théorie.

— Merci.... Asseyez-vous !

Les hommes s'assirent et l'instruction fut reprise.

Le sergent s'escrimait à apprendre le premier article du code à la recrue Tuleikes.

— Tuleikes... malheureux!... ne comprenez-vous donc pas!... Voyons : Le soldat doit....

— Le soldat doit....

— ... songer aux graves devoirs de sa profession....

— ... songer aux graves devoirs de sa profession....

— ... et faire tous ses efforts....

— ... et faire tous ses efforts....

— ... pour les remplir consciencieusement.

— ... pour les remplir consciencieusement.

— Là, voilà qui est bien.... Nous allons répéter la phrase entière....

Tuleikes, effaré, se taisait. Les yeux, bleu pâle, erraient dans le vide.

— ... N'aurais-tu pas mieux fait de rester dans ton écurie, en Lithuanie? gémit le sergent. Tuleikes, encore une fois....

Le lieutenant n'était pas d'humeur à entendre le reste.

— Une affreuse brute! fit-il d'un ton agacé.

Puis, repoussant la chaise qu'un appointé lui avait apportée, il se dirigea vers la porte.

Le jeune soldat le plus rapproché de celle-ci bondit en avant et l'ouvrit. Elcke passa dans le corridor.

Les autres chambrées offraient le même tableau.

C'était la quatrième fois qu'il apprenait à connaître ces têtes de recrues, tondues à ras, avec des yeux hébétés, ces sous-officiers maladroits, ces appointés ne sachant que faire de leurs personnes et bâillant à la dérobée, cette lumière crépusculaire, ce relent des lampes agonisantes, ce cliquetis des armes, ces commandements sourds...! Tout cela réuni faisait naître chez lui une sensation de vide, de fadeur grise et monotone, comme cette journée de pluie, comme les journées précédentes, comme cet hiver et comme toute la vie qu'il avait menée jusqu'alors.

En bas, à l'extrémité du corridor, le lieutenant von Hessel, de la 6ᵉ, bâillait. (En jargon de caserne, le mot compagnie n'est jamais employé, cela va de soi.)

C'était un petit homme élégant, coquet, très brun de cheveux, d'une indifférence véritablement scandaleuse pour le service et dont il faisait montre avec la plus grande affectation.

A part cela, un bon garçon.

En voyant Elcke, il se mit à rire aux éclats.

— Albert, si tu voyais la tête que tu fais.

— J'ai mal aux cheveux.

— Dame! voilà ce que c'est que de mener la danse — remarqua von Hessel avec un air innocent — quand on a comme toi le bonheur de balayer le salon avec la belle Alix... et à une allure....

Elcke n'écoutait pas. Il s'hypnotisait sur la cour déserte et observait les ronds que faisait la pluie sur les flaques d'eau.

— J'ai mal aux cheveux moralement, dit-il
enfin d'un ton bref et sans regarder son
camarade.

— Cela t'arrive souvent depuis quelque
temps.

— Oui.

— Quelles raisons as-tu pour cela, au nom
de Dieu?

— Quelles raisons?

Elcke ne cessait pas de regarder au
dehors; on aurait dit qu'il cherchait à dé-
couvrir quelque chose d'extraordinaire.

— Quelles raisons?... Vois-tu... c'est...
comment dirais-je?... par exemple... aujour-
d'hui à la théorie... nous avons passé une
heure à enseigner à mes recrues toutes
sortes d'histoires sur les devoirs du soldat....

— Eh bien, oui.

Elcke se retourna.

— Mais les droits des soldats! demanda-
t-il à voix basse pendant que ses yeux brillaient d'un éclat sombre... où sont-ils les
droits?

— Quels droits?

— Les droits que possède n'importe quel individu, le premier goujat venu, le....

La figure de Hessel n'avait plus son expression moqueuse. Il savait de quoi son camarade voulait parler.

— Par exemple, le droit de se marier, dit-il. Évidemment, un maçon peut épouser qui lui plaît et n'a besoin de s'occuper de personne....

— Au lieu que, nous autres, nous sommes forcés d'avoir la dot, soixante mille marcs et plus... et quand on ne l'a pas ou mieux quand on n'a rien, ce qui est mon cas — je ne parle pas des 45 marcs par mois qui me sont donnés par une fondation de famille, ni de mon nom provenant de gens qui, depuis trois cents ans, se sont fait tuer pour les Hohenzollern... et quand la jeune fille n'a rien non plus... ce qui arrive assez fréquemment, alors quoi? Je te le demande, Hessel, alors quoi?

Le petit lieutenant haussa les épaules.

— Ma foi, je n'en sais véritablement rien.

Elcke était redevenu calme.

— Alors nous sommes condamnés au célibat, reprit-il. On nous prive du droit natu-
rel qu'a tout homme de prendre la femme
qu'il aime et qui partage ses sentiments... et
que nous donne-t-on en échange? Le service,
l'implacable service.

La porte d'à côté s'ouvrit. Un appointé,
envoyé par le sergent Kühling, venait voir
si l'horloge marquait huit heures. Au même
instant le premier coup sonna.

— Faites rompre! cria Elcke. Dites-le aux
autres, sergent Kühling.... Allons... à tout à
l'heure, Hessel.

Et il remonta l'escalier. Hessel le suivit
des yeux en hochant la tête.

Elcke retrouva sa chambre dans l'état où
il l'avait laissée une heure auparavant, c'est-
à-dire que le plus grand désordre y régnait.

Les fenêtres étaient ouvertes au large et le
vent faisait tourbillonner par terre les accessoires du cotillon.

De l'autre côté de la rue, chez le colonel,
une ordonnance en veston rayé bleu et blanc
nettoyait les carreaux des fenêtres de la

chambre du coin, les seules qui fussent ouvertes.

Pendant que le lieutenant jetait des regards ennuyés sur la rue, une de ces fe-

nêtres s'ouvrit brusquement et, dans son
encadrement, apparut une tête blonde, une
silhouette élancée enveloppée dans un pei-
gnoir bleu.

Tous deux se regardèrent un instant,

muets et immobiles. Leurs yeux se cherchaient à travers la pluie qui ruisselait. Ceci
ne dura qu'un instant, puis la fenêtre de
l'autre côté de la rue se referma douce-
ment.

M. von Hessel et son ami intime, le lieutenant Heinze, se promenaient dans le corridor du rez-de-chaussée en laissant traîner
leurs sabres.

Comme tous les inséparables, ils n'avaient
pas grand'chose à se dire.

— Elcke vient précisément de se sauver,
dit le petit lieutenant, d'un ton confidentiel.
Il est remonté dans sa chambre.

— Si nous allions prendre une goutte
chez lui, proposa Heinze.

Mais l'autre lui fit signe que non.

— Non, mon cher, laissons-le, car il serait
capable de nous flanquer à la porte.

— Qu'est-ce qu'il a donc?

— Dame!... Tu sais bien!... dit Hessel.

Son ami hocha la tête d'un air profond.

— Je voudrais bien savoir, fit-il, comment
tout cela se terminera. Lui n'a rien; elle n'a

rien ; les parents des deux côtés n'ont rien....
Mon Dieu, mais il semble qu'il y aurait pourtant bien d'autres femmes sur terre... et aussi pas mal d'autres lieutenants. Pourquoi faut-il que ce soit précisément ces deux-là qui s'aiment ?

— Pourquoi ?

Hessel tournait et retournait mélancoliquement la poignée de son sabre.

— Oui.... Si l'on savait pourquoi, mon cher Heinze.

Un quart d'heure plus tard, le service avait repris.

Les hommes avaient endossé leurs vieilles tuniques élimées et rapiécées en mille endroits et, coiffés du béret, avec la baïonnette et les cartouchières, faisaient du maniement d'armes, des à-droite et des demi-tours dans les chambres sous la surveillance des sous-officiers.

Les attaques d'armes résonnaient sourdement et le plancher tremblait sous les pieds des recrues qui manœuvraient sous les ordres d'un appointé. Quelques hommes placés le long des murs apprenaient la charge; les fausses cartouches décrivant de longues paraboles tombaient par terre ou frappaient bruyamment les parois des armoires ou les portes, Dans un coin isolé, le sous-officier de tir appelait les hommes à tour de rôle, se faisait viser dans l'œil et s'assurait qu'ils savaient placer convenablement leur arme sur le chevalet de pointage.

Dans le corridor, on s'exerçait au pas ralenti. Placés à cinq pas de distance les uns des autres, des jeunes soldats s'avançaient en vacillant, le haut du corps fortement penché en avant, les yeux fixés sur le vide, tout le poids du corps portant sur une jambe raidie à l'excès, ramenant ensuite en une courbe élégante et d'un mouvement lent la jambe qui se trouvait en arrière, puis tout à coup la lançant avec violence en avant.

Dans les corridors, dans les chambres, partout retentissaient les commandements et les jurons des instructeurs et, répercutés par les voûtes et les plafonds, ils se mêlaient au cliquetis des armes, à la grêle des fausses cartouches, au bruit sourd des pas et contribuaient à faire un vacarme affreux.

Et de tous les côtés, de toutes les parties de cette caserne à quatre étages, partait le même bruit.

Dix heures venaient de sonner, Dieu merci. Le moment était venu de faire distribuer la viande. Cela rentrait dans les attributions de von Elcke, lequel était officier de jour pour son bataillon.

La noire voûte sous laquelle était installée la cuisine du 2ᵉ bataillon était située de l'autre côté de la cour. Quand Elcke y entra, les intéressés étaient déjà à leur poste : le sous-officier chef de cuisine, un de ses cuisiniers, boucher de profession, et deux garçons bouchers.

La viande apportée par ces derniers était étendue dans un cuveau. C'étaient d'énormes quartiers recouverts de paquets d'une graisse jaunâtre.

On fit la pesée. Le compte était exact, mais le sous-officier et son aide affirmèrent qu'un morceau pesant une vingtaine de livres était trop gras, ce qui lui enlevait de sa valeur.

Les garçons bouchers voulurent protester, mais Elcke ne leur en donna pas le temps. Il ordonna de leur rendre ce morceau et consigna les observations auxquelles cet événement avait prêté dans le livre de cuisine tout graisseux où figuraient déjà maints comptes rendus des officiers de jour et nombre de critiques formulées par la commission des ordinaires.

Cela fait, il retourna auprès de ses jeunes soldats.

A l'entrée du corridor, un appointé l'attendait avec une mine bouleversée.

— Mon lieutenant.... M. le comte[1] est là.

Le lieutenant courut vivement à la dernière de ses chambres d'où sortaient les éclats d'une voix sourde et grondeuse.

Le comte Dahlem, le colonel du régiment,

1. En Allemagne, un officier titré, quel que soit son grade, est toujours qualifié de son titre. Un général qui est comte, est pour ses inférieurs : M. le comte et non M. le général.

un personnage haut de six pieds, maigre et
raide, au visage tanné, sillonné de mille
rides, avec une longue moustache grise, se
tenait au milieu des hommes. Un monocle
était vissé dans son œil droit. Il était en
casquette et redingote. Les jupes de cette
dernière étaient retroussées et ses grandes
bottes de cheval étaient couvertes de boue.

En l'apercevant par derrière, sa silhouette,
maigre, longue et dénotant la race, produisait une impression de jeunesse. Il n'en était
plus de même quand on le voyait par devant. On remarquait de suite qu'il devait
être malade, du foie ou autre chose du
même genre qui ne tarderait pas à lui faire
envoyer une *lettre bleue*[1] lui annonçant sa
mise à la retraite.

Elcke ramena son sabre et prit une attitude militaire.

— Les recrues de la 7e compagnie sont à
l'exercice. J'étais à la cuisine pour recevoir
la viande.

1. Les enveloppes des plis militaires officiels
sont de couleur bleue.

— Merci, monsieur von Elcke.

Le colonel paraissait de très mauvaise humeur.

— Voyez donc, je vous prie, cet homme... celui-ci... c'est un être impossible.

Naturellement, c'était le jeune soldat Tuleikes.

Comme si lui, Elcke, n'avait pas su que ce Tuleikes était un être impossible! Rien ne produit un effet plus déplorable sur un officier instructeur que les réflexions de ses supérieurs sur un de ces individus auxquels, depuis des mois et des mois, on s'efforce en vain d'apprendre quelque chose.

— A vos ordres, monsieur le comte.

Le colonel jeta autour de lui un regard inquisiteur; les recrues n'osaient lever les yeux vers le vieux hobereau qui les dépassait de la tête.

Mais il ne trouva plus rien à critiquer.

— Bonjour, monsieur von Elke, dit-il en portant deux doigts à la visière de sa casquette et, pendant qu'il s'en allait, un sourire fugitif égaya sa physionomie dédaigneuse.

Le bruit de ses pas, accompagné du tintement de ses éperons couverts de boue, se perdit peu à peu dans le lointain. Le service fut repris comme devant.

Elcke jeta un coup d'œil sur l'horloge.

Encore vingt minutes avant la fin de cet odieux maniement d'armes! C'étaient les plus longues à passer.

Onze heures moins un quart sonnèrent et du coup tout bruit cessa dans le corridor. On n'entendit plus que les pas lourds des hommes qui regagnaient leurs chambres pour se mettre en tenue de gymnastique.

Le lieutenant von Elcke remonta encore une fois dans sa chambre. Il avait un quart d'heure de répit.

Les fenêtres de face étaient fermées hermétiquement; cela ne l'empêcha pas de les examiner attentivement.

On aurait dit qu'il comptait quelque chose.

Cinq pots de fleurs étaient placés entre les doubles vitraux : un œillet rouge, des rosiers et du réséda.

— Donc rendez-vous, à quatre heures, au

Linsenteich, grommela-t-il en sortant à nouveau de sa chambre glaciale.

Ne sachant que faire, il s'en alla d'un air ennuyé à la cantine où il rencontra les lieutenants Hessel et Heinze.

Ils s'étaient fait servir par le sous-officier de l'eau-de-vie de gingembre, une odieuse liqueur noirâtre qui produisait sur la gorge l'effet d'une râpe. Dans ce local humide et sombre, les soldats s'agitaient autour d'eux, au milieu d'une odeur épouvantable de cuir, de tabac, de restes de bière, de fromages et autres horreurs.

— Eh bien, Albert?... demanda Hessel.

Elcke, l'air sombre, avala d'un trait un verre de gingembre.

— Le monde est une bien sotte chose, dit-il. A propos, l'un de vous serait-il peut-être disposé à me débarrasser de la recrue Tuleikes? Je ferai des conditions très modérées.

— Je ne demande pas mieux, répondit Heinze avec son air le plus sérieux, mais je vous prierai d'accepter en payement le

3

mousquetaire Kaltschmidt II. *Tiæ*, comme
dit le colonel, c'est un être impossible.

— Avez-vous aussi reçu la visite du
comte? demanda Elcke.

M. von Hessel bâilla.

— Naturellement, nous l'avons eue. Pourquoi donc pas?

Elcke jeta l'argent sur le comptoir et rebou-
tonna son paletot.

— Mes enfants, dit-il, c'est une vie de
chien. Croyez-moi..., Qui est-ce qui vient au
gymnase?

Les autres regardèrent à l'horloge, et,
comme il était l'heure, tous trois remontè-
rent dans les corridors.

Les hommes avaient remis leurs effets de
treillis et avaient commencé les exercices
d'assouplissement sous la surveillance des
sous-officiers.

Dans la première chambre, un groupe faisait du travail individuel. Les hommes placés
en échiquier se soulevaient sur la pointe des
pieds, fléchissaient en ployant les jambes,
puis se relevaient, d'après les commande-

ments traînants, plaintifs même d'un tout jeune appointé aux joues roses.

— Tête droite... en avant... et gauche.

Et les pauvres diables manœuvraient comme des automates.

Dans les autres chambrées, on se livrait au même travail individuel et à des exercices d'escrime à la baïonnette, et dans le corridor avait été installée une corde pour le saut en hauteur.

Les hommes faisaient trois pas à une allure empruntée, franchissaient l'obstacle et retombaient de l'autre côté les uns maladroi-ment, les autres élégamment en fléchissant sur les extrémités inférieures, puis en se redressant vivement.

A l'angle du corridor, là où commençait le casernement de la *cinquième*, on entendait le bruit d'un sabre qui traînait.

— Ne crie donc pas si fort, Albert, dit le petit lieutenant von Hessel.

— Que veux-tu? grogna Elcke. Nous sommes là pour cela.... Quelle stupide exis-tence!

— Écoute, mon bon, répliqua Hessel d'un ton sérieux. Ne te laisse pas aller à des récriminations publiques contre le service.... Crois-moi.... Cela ne te rapportera rien....

— Tu n'y entends rien, Hessel, dit l'autre en étouffant un bâillement. Tu as fait des études, tu connais un peu le monde, avant peu tu seras admis à l'Académie de guerre et tu passeras ensuite dans l'état-major, tandis que, nous autres qui ne sommes pas aussi bien doués, nous sommes condamnés à dresser des recrues notre vie durant....

— Mais non, pas éternellement.

— Pardon. Je vais te dire cela en deux mots : On ne se débarrasse point de l'atmosphère de la caserne. Voilà seize ans que je la respire. Cela a commencé par les écoles de cadets d'Oranienstein et de Lichterfelde; ensuite j'ai passé par la chambrée, par la chambre d'enseigne à l'École de guerre et maintenant j'occupe un logement ici.... Tu vois bien que c'est toujours la même histoire....

— Baste! Tu en sortiras un jour.

— Mon Dieu! dit Elcke en haussant les épaules, que cette froide chambre de garçon soit à la caserne ou au dehors, c'est toujours la même chose! Il n'y a que les richards qui puissent se marier. Tout individu assez idiot pour ne pas avoir au moins 60,000 marcs, fût-il capitaine, en est réduit à faire avec son ordonnance le compte de son blanchissage.

— Il n'y a qu'un remède à cela, répliqua Hessel d'un ton mélancolique. Il faut s'amouracher d'une fille riche.

— Oui..., mais quand on en aime une qui ne l'est pas?

— Ça..., c'est le diable.

A ce moment, un lieutenant traversait la cour et disparaissait dans la caserne. C'était un beau garçon, au visage fin, l'air un peu dédaigneux, avec une petite barbe blonde.

— Vois, par exemple, Giesecke, fit Elcke d'un ton amer. Est-ce sa faute si son grand-père et son père ont été fabricants et ont gagné de l'argent gros comme eux pendant que les miens se faisaient tuer pour notre roi? Il est riche, il est libre de donner sa démis-

sion s'il lui plaît, il peut se marier s'il veut,
il a chevaux et voitures et une belle maison...
et moi.... Que diable ! j'aurais cent mille fois
mieux aimé que mon père fût savonnier au
lieu d'être général-lieutenant royal prussien
en retraite.

— Et ton nom ?

— Je me moque bien de mon nom. Qu'est-
ce qu'il me rapporte donc ce nom ? M. Giesecke peut faire ce qu'il veut parce qu'il a de
l'argent. Et moi je ne puis pas même perpé-
tuer mon nom, si ancien qu'il soit, parce que
je n'ai rien. Est-ce juste cela ?

Midi vint à sonner. De tout côté on entendit commander : « Rompez vos rangs ! »

La soupe au pain fumait dans un chaudron
énorme entouré de maçonnerie et un brouillard épais et tiède enveloppait la voûte basse
de la cuisine. Des formes incertaines se mou-
vaient à travers cette brume : c'étaient les
soldats qui venaient en longues files chercher
leur petit morceau de viande avec une potée
de soupe et des quartiers de pommes de terre.

La vapeur qui flottait au-dessus des mar-

mites était si épaisse que l'on ne pouvait distinguer les cuisiniers debout sur les four-
neaux et distribuant la soupe avec d'énormes
cuillers. On n'apercevait qu'un long manche
sortant du brouillard, plongeant en cadence
dans les profondeurs du chaudron et repa-
raissant ensuite tout ruisselant.

Dans un coin, sur une petite table, un couvert bien propre était mis. Le sous-officier
chef de cuisine, en personne, vint apporter
une assiette remplie de soupe, une autre avec
de la viande et des pommes de terre. On eût
dit que c'était une ration préparée pour un
de ses collègues.

Le lieutenant von Elcke goûta d'un air distrait le manger, ainsi que c'était son devoir,
et mentionna sur le livre de cuisine que les
aliments étaient bons.

Dans l'intervalle, les sous-officiers de jour
étaient venus lui rendre compte qu'ils avaient
reçu tout ce qui leur était dû.

A la 7e compagnie, les recrues seules reçu-
rent leur soupe, les anciens n'étant pas encore
rentrés du service en campagne.

Cela voulait dire que la chambre du lieutenant n'était pas encore faite.

Au lieu de remonter chez lui, furieux contre son commandant de compagnie, qui faisait marcher les ordonnances à tort et à travers, et ne sachant que devenir, il resta sous
la porte d'entrée de la caserne.

Au milieu de la cour, un brosseur tenait
un cheval sellé avec les étriers relevés et
attendait sous la pluie, pendant que sa bête
grattait le sol avec impatience.

Ce cheval appartenait à Giesecke. La
bourse de ce dernier lui permettait de s'offrir
ce luxe si envié.

Il descendait précisément l'escalier. Sa
physionomie, habituellement si réjouie, avait
une expression étonnamment sérieuse.

En apercevant Elcke, il s'arrêta et parut
embarrassé.

L'autre le regarda d'un air étonné.

— Eh bien, Giesecke, auriez-vous peut-
être l'intention secrète de faire un tour à
cheval en épaulettes et casque par ce joli
temps?

Effectivement, Giesecke était en tenue de visite. Il hésita et évita le regard d'Elcke.

— J'avais complètement oublié mon canard, dit-il enfin. Je ne puis pas monter à cheval aujourd'hui. J'ai autre chose à faire.

Cela parut faire plaisir à Elcke.

— Tant mieux. Alors je vais pouvoir me hisser sur votre bête.

Il était autorisé à faire pareille demande, car il était bon cavalier et Giesecke lui avait déjà maintes fois prêté son cheval.

Celui-ci avait bien l'air embarrassé. Mais comment refuser?

— Bon! fit-il. Allez-y! Où faudra-t-il que mon ordonnance vous attende? Ici où à l'écurie?

— A l'écurie. Merci bien.

— Je vous en prie.

Ces messieurs se quittèrent après avoir échangé un salut rapide. Leurs relations étaient assez tièdes.

Au bout d'une heure, Elcke rendit le cheval à l'ordonnance. La pauvre bête était trempée de sueur et de pluie, et de son corps

tout éclaboussé de boue se dégageait une
vapeur épaisse.

Le brosseur étendit une couverture de laine
sur le dos du cheval et le promena pendant
que le lieutenant s'en allait et entrait à la
brasserie *zur Bockshaut*, située à deux pas
de la caserne, et où quelques lieutenants,
principalement de ceux préposés à l'instruction des recrues, déjeunaient habituellement.

Ce jour-là, Hessel, Heinze et plusieurs
autres étaient installés autour de la table
ronde, dans un petit cabinet dont l'entrée
était interdite aux civils. Ils avaient devant
eux des assiettes et des pots à bière, et au-
dessus d'eux flottait en un nuage bleu la
fumée de leurs cigares.

Un garçon rangeait la vaisselle dans un
coin. Comme il était négligent et mou, Hessel, un enthousiaste de *Lohengrin* l'avait bap-
tisé : l'indolent Graal.

Elcke demanda à boire et à manger, alluma
un cigare et écouta d'un air ennuyé la conversation de ses camarades.

C'étaient toujours les mêmes imbécillités de métier, le même *gibernage*.

Bien sûr, à la veille de l'inspection de fin de période, ces messieurs avaient toutes les raisons imaginables d'approfondir pourquoi le pas de parade de la 11° était au-dessous de tout et comment on s'y prenait à la 3° pour obtenir une « charge à volonté » si réussie.

D'ailleurs, il n'y avait pas de temps à perdre. Il était deux heures moins vingt et l'exercice reprenait à deux heures, au terrain de manœuvres où l'on pouvait aller puisqu'il ne pleuvait plus.

On s'en alla donc et on regagna à pas lents la caserne, à travers les rues de la petite ville. Celles-ci n'étaient guère animées et leur pavé raboteux séchait déjà par endroits.

Les passants jetaient des regards curieux sur la bande de lieutenants; les enfants faisaient le salut militaire, criaient les noms des officiers connus de chacun dans cette petite localité, ou singeaient leur façon de commander.

Par-ci par-là, un commerçant debout sur sa porte les saluait. Un notable qui passait leur tirait le chapeau et l'assesseur tout couturé de balafres, M. von Kræhenstein, *l'ad latus* du sous-préfet, le seul être de la ville qui portât un haut-de-forme, engageait avec ces messieurs une conversation brève, mais distinguée.

Le terrain d'exercices était à deux pas. Il semblait immense, car il était entouré sur trois côtés de champs qui se confondaient avec lui et s'étendaient à perte de vue dans une plaine dont l'uniformité n'était rompue que par un moulin à vent, une cheminée de fabrique panachée de fumée et une longue allée de peupliers.

La teinte brun foncé de la terre imprégnée d'eau s'harmonisait très bien avec les nuages gris qui fuyaient rapidement. Le gazon desséché du polygone n'avait pu absorber toute l'humidité. Sans compter les nombreuses flaques, il y avait à l'endroit où se réunissaient les compagnies, vers l'entrée, une véritable mer de boue que les lieutenants durent tra-

verser pour gagner les emplacements occupés par leurs recrues.

La plupart de celles-ci étaient déjà arrivées
sous la conduite des sous-officiers. Il y avait
sur ce terrain quelques centaines d'individus
marchant en cadence, ou immobiles, ou courant de toutes leurs forces et formant ici un
point, ailleurs de longues lignes minces, plus
loin de petits groupes. Le vent, qui balayait
cette vaste étendue, emportait un mélange
confus de jurons et d'invectives lancés par les
sous-officiers. De temps à autre, on entendait
la détonation d'une cartouche à blanc et l'on
voyait s'élever un petit nuage de fumée au-
dessus du chevalet de pointage de l'une des
compagnies.

Elcke entendit le rapport que lui fit le
sergent Kühling et prescrivit de faire de la
marche individuelle à six pas de distance.

Les recrues, formées en six classes, com-
mencèrent à manœuvrer. Leurs lourdes bottes
s'enfonçaient dans le sol, faisant gicler la
boue à droite et à gauche, les appointés bon-
dissaient pareils à des chiens de berger et

le sous-officier debout au centre grognait et jurait et renvoyait un homme après l'autre, au pas gymnastique, recommencer le mouvement mal exécuté.

Une heure se passa ainsi.

Le lieutenant, qui s'était retourné vers son monde, commanda d'une voix claire :

— Garde à vous!... En colonne par files à droite!... Faites l'appel !

Les recrues accoururent de toutes les directions, se pressant en désordre, se bousculant pour prendre la formation de marche. Tuleikes et quelques autres de sa force ne retrouvèrent naturellement pas leurs places et galopèrent le long du front, comme des lièvres effarouchés, jusqu'à ce qu'un certain nombre de horions, bienveillamment distribués par leurs camarades, les eussent mis sur leur chemin.

Le sergent Kühling les regardait avec un air de pitié.

— N'importe quel âne, n'importe quel bœuf retrouve son écurie, dit-il, mais Tuleikes en est incapable.

Le lieutenant se porta devant le front de la troupe.

— Les instructeurs, sortez! A gauche en ligne, pas gymnastique!

Et alors, sous la direction personnelle du lieutenant, commença l'exercice à rangs serrés, le couronnement de l'instruction des recrues.

Ainsi employée, la dernière heure s'écoula vite. Les autres compagnies se mettaient en devoir de partir, quelques-unes traversaient même déjà le terrain de manœuvres en chantant. A ce moment, von Elcke regarda sa montre et vit qu'il était quatre heures passées.

— Venez-vous avec nous, Elcke? lui criait-on.

Pour toute réponse, il montra du doigt la manutention dont le toit, recouvert de tuiles rouges, apparaissait à l'extrémité du polygone, à travers un bouquet de peupliers.

— Pas moyen..... Je vais à la distribution de pain.

L'autre fit signe qu'il avait compris et s'éloigna.

Les bâtiments dans lesquels entra le lieutenant renfermaient des piles énormes de pains de munition; l'atmosphère y était surchargée de poussière de farine, et une délicieuse odeur de pain frais venait flatter l'odorat. Une fenêtre donnait sur la cour et l'on apercevait de là la boulangerie. Des fagots qui brûlaient éclairaient le corridor d'une lueur sanglante. Des êtres à demi nus enfournaient avec des pelles à longs manches.

Mais le sous-officier de service arrivait, portant une assiette et un grand couteau bien affilé.

Elcke, sans dire un mot, lui désigna du doigt un des pains les plus rapprochés. Le sous-officier coupa cette miche en deux, puis en détacha une mince tranche qu'il présenta sur l'assiette au lieutenant.

Celui-ci y goûta et se déclara satisfait. Le pain n'avait pas le goût d'amer, la pâte ne présentait ni veines d'eau, ni grumeaux, ni traces de moisissure.

Il consigna ces observations sur le registre des distributions et sortit après avoir vaguement répondu au salut du sous-officier.

Au lieu de se diriger vers la ville, qui disparaissait dans la brume, il tourna à droite et prit un étroit chemin de culture bordé de saules rabougris.

Le sous-officier le suivit des yeux jusqu'au moment où il disparut au tournant, et se demanda ce qu'il pouvait bien avoir à faire au Linsenteich par un temps pareil.

... Ils cheminaient tous deux le long de l'étang. Devant eux, les vagues déferlaient entre les broussailles et produisaient un gargouillement lugubre.

Vu au crépuscule, cet étang paraissait immense. Il disparaissait au milieu de cette vaste plaine et se confondait avec le brouillard, dont les teintes grises semblaient des vagues énormes et indécises, desquelles émergeaient les troncs racornis des saules et au-dessus desquelles s'envolaient des nuages entraînés à une allure vertigineuse.

4

Le vent soufflait à intervalles irréguliers, par bouffées lointaines. Il détachait quelques fils de sa chevelure d'un blond doré et les faisait flotter autour de sa nuque et de ses tempes; il soulevait sa voilette, balayait d'un souffle glacé son visage légèrement empourpré et l'obligeait à se pencher en avant afin de résister à ses efforts.

Ils se taisaient comme des gens qui n'ont rien ou presque rien à se dire.

Enfin, ils avaient trouvé un endroit abrité. La main dans la main, ils se tenaient là, plongeant leurs regards dans la brume épaisse qui les environnait.

Ils se regardèrent et, sans mot dire, retombèrent de nouveau dans leurs contemplations.

En ce moment, Elcke trouvait le monde et les événements qui se jouaient à sa surface extraordinairement insignifiants et misérables. Il ne se comprenait pas et se demandait comment il avait pu faire pour prendre ces choses au sérieux.

— Un vrai temps pour se jeter à l'eau,

fit-il soudain en se retournant vers Alix.

Elle haussa les épaules avec un air fatigué. Une pareille insanité ne méritait pas de réponse.

— Hé, oui... ma parole, continua Elcke en fouillant le sol avec le dard de son fourreau.... Ce ne serait encore pas si bête....

— Ma sœur Marguerite est arrivée hier, dit Alix au bout d'un instant. La maison de diaconesses dont elle fait partie lui a donné un congé de huit jours pour se reposer.

Elcke sourit dédaigneusement.

— Alors vous avez déjà dû recevoir la visite du bon Spærlich?

Elle fit signe que oui.

— Ils ont passé toute la soirée ensemble et se sont raconté une infinité de choses....

— Oui, ils se sont probablement dit combien ils auraient pu être heureux, s'ils s'étaient mariés il y a dix ans.

— Effectivement, ils ont dû parler de cela, dit Alix.

— Malheureusement, elle n'avait pas d'argent, continua l'autre d'un ton grincheux, et

lui n'en avait pas non plus. Et le voici maintenant à la fin de sa carrière... un pauvre
officier de district, sans aucune santé... et
elle... une diaconesse triste.... Aujourd'hui
que ces deux êtres sont fanés et flétris, il
leur est permis de se réunir pour déplorer
et regretter leur jeunesse.

— Que déploreraient-ils? demanda Alix.
Ils n'ont rien à se reprocher.

Elcke se raidit à faire craquer tous les
muscles de son corps nerveux. D'un geste
violent, il s'empara de sa main.

— Ce qu'ils déploreraient? cria-t-il d'une
voix rauque.... Non, je préfère ne rien te
dire. Mais... c'est abominable... ne com-
prends-tu pas, Alix..., que deux êtres floris-
sants et beaux, comme ils l'étaient tous deux,
il y a dix ans, soient condamnés au célibat...
qu'ils soient réduits à dessécher sur pied...
sans plaisir et sans utilité pour eux-mêmes
ni pour les autres....

Alix soupira en secouant sa jolie tête
blonde.

— Quand je les regarde tous les deux,

dit-elle, j'ai à la fois envie de pleurer et de...
certainement, j'ai tort... mais je n'y puis
rien, positivement, j'ai envie de rire....

Le visage d'Elcke s'assombrit encore plus.

— Sais-tu qui est aussi ridicule qu'eux?
demanda-t-il à mi-voix.... C'est nous deux....
En tout cas nous le deviendrons... Spærlich
et ta sœur.... Nous serons comme cela dans
dix ans... à moins que l'un de nous deux ne
gagne le gros lot d'ici là....

Alix se retourna brusquement et le regarda
en pleine figure. Son visage, déjà très pâle,
avait pris une expression rude et arrogante.

— Je me suis fait aujourd'hui la même
réflexion, dit-elle en hachant ses mots, et
je me suis dit en même temps ceci : « Je ne
veux pas devenir comme Marguerite... je ne
le veux pas. Je demande à avoir une part de
ma vie.... »

Elcke heurta si violemment le sol avec son
fourreau que celui-ci demeura enfoncé dans
la boue.

— Que puis-je faire, malheureux que je
suis? gémit-il.... Donner ma démission? Et

alors? Je n'ai rien appris.... Ce que l'on nous enseigne au corps des cadets ne vaut pas un clou. Avec cela je ne suis pas un génie, je m'en rends très bien compte. Alors que faire, Alix? Comme officier, il m'est impossible de t'épouser, et si je donne ma démission nous mourrons de faim. Je ne vois pas d'autre solution.

— Non, il n'y en a pas, répéta la jeune femme avec un air calme, mon père m'a dit la même chose. Je me suis longuement entretenue avec lui ce matin.

Elcke se mit à ricaner. Il haïssait le « comte ».

— Eh bien, quelle a été sa conclusion?

Alix ne bronchait pas : elle semblait prendre une décision.

— Il a été d'avis, fit-elle d'un ton calme et décidé, que nous ne pouvons rien espérer. Or, quand on ne peut rien espérer, il faut avoir le courage....

Elle n'acheva pas et fit un mouvement de côté.

Elcke la suivit.

— Allons, explique-toi, dit-il, d'une voix sifflante.

Elle évita son regard et fixa le sol.

— Tu sais bien ce que je veux dire.... Et puis, Albert, peut-être nous trompons-nous tous les deux. C'est l'avis de papa. Peut-être nous oublierons-nous plus vite que nous ne croyons, surtout quand nous serons séparés.... Peut-être cette séparation sera-t-elle un bonheur pour nous....

Elcke lui prit les deux mains et la regarda bien en face,

— Que lui as-tu répondu?

Elle secoua la tête.

— Rien. Je m'étais déjà fait les mêmes réflexions... ne m'interromps pas.... Toi aussi tu as eu, déjà cent fois, les mêmes pensées.... Nous sommes jeunes, nous voulons être heureux... et nous ne le pouvons pas en nous unissant....

Ils avaient marché lentement, tout en causant, et le brouillard s'épaississait autour d'eux.

Ils gardèrent le silence un moment, puis Elcke s'arrêta.

— Pourquoi me parles-tu de cela, aujourd'hui précisément? fit-il d'une voix rauque.

Alix, qui était encore devenue plus pâle, soupira profondément.

— Giesecke est revenu demander ma main, dit-elle soudain; c'est pour la troisième fois....

Pendant un instant on n'entendit que le

clapotis des vagues, puis Alix entendit une voix enrouée, oppressée, une voix qui lui était inconnue.

— Et toi?

Elle avait les yeux perdus dans le vide:

— Je lui ai dit que j'allais te voir.... Il me l'a demandé... et alors....

— ... Et alors, c'est fini entre nous.

Deux ou trois fois elle fit signe que oui, avec une mine presque insolente.

— Alors, c'est fini, répéta-t-elle. Je ne puis faire autrement, Albert, je ne puis m'étioler... devenir une vieille fille... sans avenir et sans espoir.... Peut-être me trouveras-tu égoïste... mais mon propre père... ma propre sœur me le conseillent.... Et moi-même, je crois que..., si nous nous en donnons la peine, nous réussirons à nous oublier et à devenir heureux, chacun de notre côté....

Elle parlait vite, d'une façon machinale. On aurait dit qu'elle récitait une leçon.

Elcke ne répondit rien.

Tous deux, sans le savoir, firent demi-tour

et reprirent le chemin par lequel ils étaient venus.

Quand ils furent arrivés à la grande route, il s'arrêta.

— Je n'ai pas le droit de te retenir, fit-il d'un ton calme, presque indifférent.

Et sans dire un mot de plus, ils rentrèrent en ville.

En arrivant aux premières maisons, des cris d'enfants qui jouaient les tirèrent de leurs réflexions. Il ne fallait pas qu'on les vît ensemble.

Ils se donnèrent une poignée de main silencieuse et se quittèrent.

Le faubourg que traversait le lieutenant, une artère large et malpropre, était exclusivement habité par des ouvriers de fabrique.

Chemin faisant, il croisa plusieurs bandes de travailleurs. Ceux-ci, en le voyant, échangèrent des sourires venimeux, quelques-uns étouffèrent un juron, d'autres risquèrent à mi-voix une grossièreté à son adresse.

Mais il n'y fit pas attention.

Une seule fois, il leva les yeux, en apercevant sur sa gauche une lueur vive et éclatante.

Il y avait là un bâtiment énorme, à quatre étages, éclairé comme en plein jour. A travers la vaste porte d'entrée, on distinguait un labyrinthe de cours et de constructions. Mille rayons de lumière dansaient sur le pavé de ces cours, et de ces édifices multiples s'échappait un bourdonnement monotone. A travers les fenêtres, on voyait des roues gigantesques qui tournaient, des bielles qui s'élevaient et s'abaissaient, des courroies de transmission qui glissaient, et la cheminée qui s'élançait au milieu de l'obscurité était couronnée d'une vapeur rougeâtre, pareille au reflet d'un incendie par un temps humide.

Le lieutenant savait très bien à qui appartenait cette usine, l'orgueil de la petite ville de garnison. Néanmoins, en passant, il jeta un coup d'œil distrait sur la plaque de cuivre au-dessous de la sonnette :

Société par actions,
Anciennement Giesecke, Kern et C°

Un essaim d'ouvriers débouchait précisément par la grande porte, des gens à l'air
minable, le collet de leur veste relevé, tenant
à la main un gamelon en fer blanc. Ne vou-
lant pas se rencontrer avec eux, Elcke allongea le pas et se dirigea vers le casino.

Qu'allait-il y faire? Il n'en savait rien.
L'habitude de se réunir avec les camarades,
à cette heure-là, autour d'une table ronde,
l'entraînait dans cette rue.

D'ailleurs, en quel autre lieu aurait-il pu
aller? Caserne et casino... n'étaient-ce point
là les deux pôles de son existence?

Tout le monde avait fini de dîner quand
il arriva. Les bougies pour allumer les cigares étaient déjà sur la table, et pour
ainsi dire chaque officier avait déjà devant
lui les gros cahiers de rapports, à la couverture bleue, avec les crayons qui y étaient
attachés.

Il était tout désorienté. A travers la fumée
des cigares qui formait un nuage bleuâtre, il
apercevait des redingotes avec leurs deux
rangées de boutons étincelants, leurs collets

rouges et leurs pattes d'épaules avec une N¹ tortillée.

Il eut un instant la sensation folle d'avoir devant lui la même personne, reproduite à trente ou quarante exemplaires, qui se passait aimablement à elle-même des tasses de café....

Puis il retomba dans ses méditations....

Que de choses s'étaient passées en une heure !

Il revoyait la fabrique devant laquelle il avait passé tout à l'heure, ou plutôt la plaque de la grande porte, avec son inscription : *Société par actions, anciennement Giesecke, Kern et C°.*

Et à côté de cette inscription à demi effacée, il apercevait des groupes d'ouvriers, des gens à la mine hâve et soucieuse, et à qui l'existence ne devait pas sourire tous les jours.

Giesecke, Kern et C° gagnaient de l'argent. Et comme le vieux Giesecke, tout en se

1. Initiale du souverain étranger qui était colonel honorable de ce régiment.

donnant personnellement de la peine, faisait travailler quelques centaines d'ouvriers, son fils pouvait se donner tout ce qu'il voulait et offrir une existence confortable à sa femme. Là-bas, dans le faubourg malpropre, la fabrique marchait sans relâche; du matin jusqu'au soir, un peuple d'ouvriers travaillait au milieu des courroies qui s'allongeaient sans fin et des roues qui tournaient sans trêve, et un flot d'or s'écoulait de cette construction sombre et se convertissait en une somptueuse villa, en chevaux de selle, en domestiques, en tout ce que le cœur pouvait désirer.

Tout à coup Elcke sentit que quelqu'un lui touchait l'épaule.

C'était Giesecke qui se tenait debout derrière lui.

Ce joli garçon avait l'air très agité. Son visage à l'expression bonasse était très pâle et sa voix manquait d'assurance.

— Je voudrais vous dire un mot, Elcke, fit-il.

L'autre se leva. Tous deux passèrent dans

la pièce voisine, dite chambre des dames et habituellement réservée aux femmes d'officiers, qui était inoccupée pour l'instant.

Il y eut un silence, puis Giesecke prit son courage à deux mains :

— Voyez-vous, Elcke, dit-il avec hésitation, les choses en sont à ce point : Si vous m'assurez que vous avez une chance quelconque... maintenant ou plus tard... de l'épouser... que vous avez, par exemple, un oncle à héritage... ou une fondation de famille... que sais-je? je me retirerai de suite et vous laisserai le champ libre....

Elcke haussa les épaules.

— Vous savez, Giesecke, dit-il, que je n'ai pas un rouge liard et que, selon toutes prévisions, je n'en aurai davantage que le jour où je passerai capitaine de première classe.... Donc pourquoi me demander cela?

— ...Parce que je m'y crois obligé.

Le blond lieutenant arpentait la chambre.

— Il faut être franc, n'est-ce pas?... Elle ne m'aime pas, du moins pour l'instant.... Elle me considère comme un brave garçon

avec lequel elle pourra vivre à la rigueur....
Eh bien, ceci est vrai.... Vous par contre....
mais enfin... puisque vous n'avez aucune
espérance, vous ne pouvez songer à vous
marier.... C'est évidemment fort dur pour
vous, mon cher Elcke, excessivement dur,
mais il n'y a rien à y changer... et alors....

Il s'interrompit et fixa sur son camarade
un regard attentif.

— Si elle vous dit oui, répondit Elcke
d'un ton calme, eh bien, ce sera une affaire
entendue. Moi non plus je ne puis rien y
changer, pas plus que je ne suis responsable
de ma pauvreté.

— Je ne voudrais point passer pour un
mauvais camarade, Elcke, reprit avec agita-
tion le joli petit lieutenant, je suis amoureux
fou, vous le savez bien, car cela ne date
pas d'hier. Malgré cela, je ne voudrais pas
m'approprier ce qui pourrait un jour être le
bien d'un de mes camarades.... Et alors....

Elcke se rapprocha de la porte.

— Ne parlons plus de cela, Giesecke, dit-
il. Ceci ne dépend pas de nous, mais d'elle

seulement. Vous ne vous attendez pas, j'espère, à ce que je fasse des vœux pour votre bonheur. Donc, adieu!

L'autre haussa les épaules sans mot dire et ils se quittèrent.

Une heure plus tard, il ne restait presque plus personne au casino. Quelques-uns des lieutenants étaient allés passer la soirée chez des familles amies, d'autres étaient allés réjoindre leurs compagnons habituels à la brasserie, les intrigants étaient rentrés chez eux pour travailler; l'un ou l'autre de ces messieurs profitait de la nuit pour aller en civil à un modeste rendez-vous amoureux.

Un petit groupe s'était réuni dans la salle de jeu, c'étaient le lieutenant von Bloode et quatre ou cinq autres officiers.

Le gros baron von Bloode était veuf pour une huitaine de jours et célébrait cet événement en confectionnant avec du porter et du champagne un mélange bien connu dans les casinos militaires sous le nom de : « Sang de Turc ». Personne n'a jamais su l'origine de cette dénomination.

Lorsque le porter fut épuisé, on but du champagne pur et l'on installa, en se cachant bien, une partie de *tempel*[1] avec des enjeux très modérés. La plus haute mise tolérée était d'un thaler. On n'avait point à se gêner sous ce rapport, aucun officier de cavalerie ne se trouvant là pour critiquer.

Elcke s'était joint à ces messieurs ou plutôt il était resté assis lorsque les autres étaient partis. Il se sentait complètement privé de volonté. Il fit tout ce qu'on lui proposa : il but du champagne — chose qui d'ordinaire ne lui arrivait que le jour de la fête de l'Empereur — il joua au *tempel*, lui qui d'habitude ne touchait pas une carte, et gagna une vingtaine de marcs, juste de quoi payer sa part de champagne et de porter.

Il était trois heures du matin lorsqu'il rentra à la caserne.

Il se jeta tout habillé sur son lit. Il était rendu de fatigue et avait la tête lourde; malgré cela, il ne put dormir. Une pensée

1. Jeu de hasard, sorte de lansquenet.

l'obsédait et le tenait éveillé. Pourquoi Giesecke avait-il de l'argent et lui pas?

Pourquoi manquait-il de tout pendant que l'autre buvait à pleins traits le bonheur de la vie?

Pourquoi n'avait-il pas, lui aussi, une fabrique? Pourquoi les ouvriers à la mine hâve, qu'il avait rencontrés dans la soirée, ne travaillaient-ils pas pour lui? Pourquoi?

C'était l'argent, le vil argent qui avait donné la victoire à l'autre.

Dehors, la pluie ruisselait dans la gouttière du toit. Chaque goutte, en tombant, rendait un son monotone comme de l'argent... de l'argent... et encore de l'argent.

Enfin il s'endormit.

Mais le clairon de garde sortit sous la voûte exposée aux courants d'air, puis dans la cour.

Il décrocha son instrument et le porta à ses lèvres.

« N'avez-vous-donc-pas-encore-assez-dormi? » sonna-t-il. Et ces accents éclatants se répercutèrent contre les murs silencieux de la caserne; en même temps un bruit strident se fit entendre du haut du toit; c'était la vieille horloge qui sonnait six heures.

Et alors, petit à petit, l'intérieur de la caserne s'anima. Des lumières vacillantes apparurent aux différentes fenêtres; des pas lourds se firent entendre dans les corridors et dans la cour, et la grande porte du quartier s'ouvrit à deux battants avec un accent plaintif.

Peu à peu une lueur mate éclaira la cour luisante d'humidité; au même instant, quelques minutes avant sept heures, Elcke descendit pour assister à la théorie faite aux recrues.

Arrivé devant la première chambre, il s'arrêta.

La voix du sergent résonnait à l'intérieur :

— Tuleikes... maudit chien... tu ne sauras donc jamais....

Et la réponse vint en mauvais allemand et à mots entrecoupés :

— Le soldat doit... songer... aux graves devoirs de sa profession... et faire... tous ses

efforts pour... les... remplir consciencieusement.

II

Le 1ᵉʳ mai.

Le soleil de mai se levait à peine. Ses premiers rayons frappaient obliquement le
brouillard du matin et entouraient la caserne
d'une trame de vapeurs rougeâtres.

Il faisait très frais dans la cour. Pareille à
de l'argent, une couche de gelée blanche
recouvrait le pavé et l'haleine des hommes
qui sortaient s'échappait sous forme de petits
nuages.

Il en venait par toutes les portes, marchant
pesamment, donnant un dernier coup de
reins pour mettre en place le sac portant le
manteau roulé en fer à cheval et tenant leur
fusil à la main. Ensuite les escouades se for-
mèrent, le sous-officier de tir distribua les
cartouches à blanc, le sergent-major réunit
les trois pelotons et, pendant ce temps, les
sous-officiers gourmandaient leurs hommes.

— Garde à vous! commanda le sergent-major.

On entendit au bas de l'escalier le cliquetis d'un sabre. Le « chef » jeta un dernier coup d'œil sévère sur la troupe immobile, mit son gros portefeuille en place, entre les boutons de la tunique, et fit annoncer au lieutenant von Elcke que la compagnie était prête.

Sans dire un mot, celui-ci porta deux doigts à la visière de son casque, jeta un coup d'œil sur l'alignement, puis commanda :

— Repos!

Les hommes regardaient en silence et avec attention. Ces derniers mois — sans que l'on sût pourquoi — il était devenu infatigable et inexorable dans le service, à la manière de ces supérieurs si redoutés, pour lesquels, malgré toutes les roueries et les manigances, les casernes n'ont pas de secret.

A l'un des hommes il passait la main à plat sous le sac, le soulevait et le soupesait avec un air connaisseur. Quelque chose clochait. Le troupier dut mettre sac à terre et l'on constata que, par suite d'une distraction

inconcevable, il avait oublié d'y mettre ses
chaussures. Vint le tour du suivant. Le lieutenant tira le sabre-baïonnette de son fourreau de cuir, pour voir s'il était convenablement graissé; ailleurs, il dit à un autre de
déboutonner sa tunique et de montrer son
porte-monnaie réglementaire; il glissa la
main sous le ceinturon d'un quatrième pour
s'assurer qu'il était ajusté convenablement.
Un cinquième dut lever le pied pour montrer
si ses bottes avaient tous leurs clous.

Entre temps, les deux autres officiers étaient
arrivés : le lieutenant von Hessel, qui avait
été affecté à la compagnie, et un officier de
réserve.

Ils passèrent vivement l'inspection de leurs
pelotons, se réunirent ensuite en silence et
se placèrent à l'écart.

Silencieux, les hommes restaient l'arme au
pied; silencieux aussi, les sous-officiers regardaient devant eux avec des airs désœu-
vrés. Le vide solennel du service planait
dans le brouillard du matin au-dessus de
cette petite troupe.

On n'entendait rien, sauf quelques mots prononcés à voix basse par Elcke, qui s'occupait encore de ses hommes. Enfin son inspection terminée, il s'approcha des deux autres officiers, qu'il salua brièvement.

— Tu deviens un parfait intrigant, Albert, fit avec mauvaise humeur Hessel, qui, tout en bâillant, lui donna la main. C'est très beau d'être fanatique, mais toi....

— Le service est le service.

— Tu n'as pas toujours dit cela. Jadis tu le décriais.

— C'est vrai, mai j'ai changé depuis. Je comprends maintenant le service. Il n'y a que cela de vrai. D'ailleurs, c'est notre métier. Un homme qui méprise son métier ne vaut rien.

— Bien, dit gravement le petit Hessel. Je ne te contredirai plus à l'avenir.

Tous trois gardaient le silence. On n'entendait rien, sauf quelques hommes qui toussaient. Certains d'entre eux, pareils à des chevaux fatigués, semblaient vouloir s'en-

dormir debout. La plupart regardaient fixement devant eux et les sous-officiers, qui

encadraient les pelotons, bâillaient à n'en
plus finir.

Tout à coup on entendit une musique eni-
vrante qui partait de la rue et dont les sons
harmonieux, s'infiltrant par la porte voûtée,
étaient répercutés par les murs de la caserne.

C'était la chapelle du régiment qui était
arrêtée sous les fenêtres du comte Dahlem.
Par l'ouverture de la porte, on distinguait aisé-
ment les musiciens formés en cercle et, au
centre, leur chef, la poitrine constellée de
décorations, qui dirigeait avec des airs im-
portants un morceau d'allure joyeuse.

— Eh bien! fit le lieutenant de réserve
avec une mine étonnée.

Les deux autres ne répondirent pas.

— Qu'y a-t-il donc? reprit l'autre. Donne-
rait-on une aubade au colonel?

— Non... pas ça, répliqua le petit Hessel
en jetant un coup d'œil sur Elcke.

Celui-ci dit alors :

— Ce n'est pas au colonel..., c'est à son
gendre que l'on donne cette aubade. Le
comte marie aujourd'hui sa fille avec Giesecke, un officier de notre régiment.

— Ah!... très bien!... fit le lieutenant de réserve. C'est alors une attention gracieuse du chef de musique pour l'heureuse fiancée?

Elcke s'inclina.

— Alors il n'y aura pas grand monde au casino, ce soir. Probablement ces messieurs de l'armée active sont invités au dîner de noce.

— Très peu. Le vieux directeur Giesecke, père du fiancé, est très souffrant depuis quelques mois. Le mariage se fait chez lui dans la plus stricte intimité.

— Oh! dit l'officier de réserve. Alors vous n'en êtes pas non plus?

— Non, pas même moi, je ne suis invité, répondit Elcke en riant. Pensez donc! J'ai d'ailleurs un service, précisément à cette heure-là... inspection du magasin à trois heures... puis gymnase... puis....

— Avez-vous une idée de ce que nous allons faire à l'exercice d'aujourd'hui? interrompit Hessel.

— Non, répliqua le réserviste abasourdi. Pourquoi donc?

— C'était pour savoir, fit Hessel d'un ton indifférent.

Ceci mit fin à la conversation.

Tout à coup on entendit le pas d'un cheval sous la voûte. Le capitaine arrivait.

Avec l'air d'un homme auquel on rapporte une nouvelle des plus intéressantes, le capitaine Besch se laissa dire par Elcke que 11 sous-officiers, 5 tambours et clairons et 97 hommes étaient sur les rangs; puis il s'empressa de tirer son sabre, car il était en retard.

— Oserai-je prier ces messieurs de se mettre à leurs places?

Les officiers, sabre au clair, allèrent se placer à la droite de leurs pelotons. Aussitôt après la 7ᵉ compagnie fit par le flanc et défila devant le poste immobile sous les armes.

La petite ville était encore endormie. Par-ci par-là, on rencontrait dans les rues désertes un mitron sifflant à tue-tête et faux, ou bien une voiture de paysan toute couverte de boue. A part cela, rien ne bougeait derrière les volets, ni dans les jardins, ni dans les maisons devant lesquels passait la troupe.

On arriva au faubourg.

— Pas de route ! commanda le capitaine, qui se retourna sur la selle.

Aussitôt la compagnie s'allongea, la cadence du pas disparut et fit place à un piétinement confus. Les armes étaient placées à tort et à travers sur l'une ou l'autre épaule, et les hommes riaient et causaient à mi-voix.

Le chemin qui traversait le faubourg était sinueux et rempli de boue. Les deux rangées de maisons qui l'encadraient semblaient un peuple de mendiants groupé autour des constructions massives et des cheminées de la fabrique : *Anciennement Giesecke, Kern et C°.*

Au moment où la compagnie débouchait, une foule compacte, assemblée devant la fabrique, remplissait la rue. Il y avait un certain nombre d'ouvriers, de ceux que l'on voyait chaque matin se diriger vers l'usine, portant un gamelon de fer-blanc sous le bras, les mains frileusement enfouies dans les profondeurs de leurs poches.

Mais ils n'étaient là qu'en minorité. Les autres ouvriers, parés de leurs habits de dimanche et coiffés de chapeaux en feutre, au ruban desquels étaient fixées de petites plumes rouges, insignes du socialisme, formaient la majorité. Certains portaient un œillet rouge à la boutonnière; quelques-uns avaient des cache-nez de même couleur.

Plantés devant la porte, ils arrêtaient ceux qui se rendaient au travail. De tous côtés stationnaient des groupes qui échangeaient à mi-voix des conversations aigres-douces, puis se séparaient en haussant les épaules et en ricanant. Deux ou trois messieurs se tenaient à l'entrée, le crayon à la main, et inscrivaient les noms de ceux qui venaient travailler. A côté d'eux, deux sergents de ville. Le brouillard glacé de cette matinée donnait à l'ensemble une physionomie sombre et même sinistre.

En apercevant la compagnie, tout le monde se rangea à droite et à gauche. Comme l'autre soir, Elcke remarqua sur les visages des prolétaires la même expression farouche, les mêmes sourires équivoques. La troupe, lançant à droite et à gauche des regards curieux, passait devant eux pendant ce temps et se dirigeait vers la sortie de la ville.

— Qu'est-ce qui se passe donc, Rother? demanda le lieutenant au sergent qui marchait à sa hauteur.

Il lui semblait se rappeler que peu de jours auparavant, on avait dit au casino que la populace allait prochainement faire parler d'elle.

— C'est le 1ᵉʳ mai, mon lieutenant, répondit le sergent. Ils se sont mis en tête de chômer aujourd'hui... ici... à Berlin... partout.

— Pourquoi cela?

— Dame, c'est une idée à eux. Le vieux Giesecke, le directeur, a fait appeler à son chevet les trois principaux énergumènes et leur a dit :

— Ceux qui ne viendront pas travailler le 1ᵉʳ mai resteront dehors pendant quinze jours.

Mais ces gaillards-là s'en moquent bien.

— Un beau monde, fit Elcke.

Puis la conversation tomba.

Au fur et à mesure qu'ils s'éloignaient de la ville, en passant le long des champs émaillés de fleurs et humides de rosée, et tout en aspirant l'air parfumé d'un bois de hêtres, le lieutenant ne pouvait détacher sa pensée de ces ouvriers. Quels drôles de corps, ces gens qui refusaient à brûle-pourpoint de s'échiner pour les autres et de leur fournir de l'argent pour se payer des voyages de noces au lac de Garde, des villas somptueusement installées et des pur-sang hongrois !

— Rahn..., combien gagne à peu près un de ces ouvriers ? demanda-t-il brusquement à un mousquetaire qui marchait devant lui, un grand gaillard à barbe noire et qui était ouvrier mécanicien.

— C'est selon les semaines, mon lieutenant, de 28 à 30 marcs.

— Ah !... Tiens, se dit Elcke, ils gagnent plus qu'un lieutenant, car celui-ci ne touche, de solde brute et d'indemnité de logement, que 100 marcs par mois. Il est vrai qu'il est logé. Mais aussi quelles charges pèsent sur lui!

Le revenu d'un ouvrier de fabrique et celui

d'un homme placé au faîte de la société! Il y avait là un contraste qu'il ne pouvait s'expliquer ni admettre.

Il songea que le jeune Giesecke était allé

voir, peu de temps auparavant, un de ses
cousins, lieutenant dans un régiment de dragons stationné aux environs, et qu'il avait
perdu le même soir 1.500 marcs, sans que
sa bonne humeur en fût altérée un seul
instant. 1500 marcs! Pour lui, Albert von
Elcke, cela représentait les appointements
d'une année entière, c'est-à-dire une série
infinie d'heures monotones d'exercice, par
la chaleur et le froid, de jour et de nuit,
une période de service qui absorbait toute
sa personnalité et qui exigeait de sa part la
mise en jeu ininterrompue de toute ses
forces!

Bien entendu, Giesecke aussi faisait son
service, mais parce que cela lui plaisait.
Quelle existence confortable il pouvait mener,
lui qui, d'une minute à l'autre, était libre de
donner sa démission et de remuer à pleines
mains les trésors de la vie, pendant que lui,
Elcke, le descendant d'une lignée de soldats,
était condamné à se priver de tout!...

Un commandement allongé retentit. La
compagnie s'arrêta à la lisière du bois, se

déploya par pelotons et forma les faisceaux. Puis les hommes se dispersèrent par petits groupes, couchés ou debout, et entamèrent de joyeuses conversations.

Comme on avait une demi-heure d'avance, le capitaine se porta à la rencontre de l'officier supérieur qui devait diriger la manœuvre. Le lieutenant de réserve, qui avait très mal aux cheveux, n'avait pas demandé son reste et s'était allongé sur l'herbe mouillée, pour tâcher de rattraper quelques minutes de sommeil. Elcke et Hessel s'étaient assis au bord du fossé qui longeait le chemin.

Conformément à la tradition, ils prirent, pour commencer, une bonne gorgée de cognac, puis Elcke jeta son bout de cigare et, mâchonnant un brin d'herbe, se perdit dans une sombre contemplation.

Le petit lieutenant l'observait à la dérobée.

— Pauvre diable! dit-il au bout d'un instant, c'est une pénible journée pour toi.

— C'est un jour comme un autre, fit Elcke d'un ton indifférent. Je n'y songe plus.

— Est-ce possible? demanda son ami.

Elcke regardait invariablement devant lui.

— Si j'avais été seul, je n'en serais pas venu à bout, dit-il. J'avais beau faire..., je n'arrivais pas à dominer ma colère et mon chagrin..., au contraire..., cela ne faisait que croître chaque jour....

— Et c'est alors que tu as fait ce voyage?

— Oui, je songeai tout à coup à mon oncle, le général....

En disant ces mots, il prit un cigare, l'examina attentivement et l'alluma.

— Je ne le connaissais pas du tout. Je savais une seule chose : c'est qu'il était commandant en chef du 23ᵉ corps, mon parent, baste!.... Tu vois ça d'ici.... Une sorte de demi-dieu.... Un homme devant lequel le monde s'incline respectueusement. Je me dis alors : si quelqu'un sur terre peut te donner un bon conseil et t'aider à surmonter ton incertitude, c'est incontestablement ce grand personnage. Et alors, ma foi, j'ai demandé une permission de quarante-huit heures et j'ai pris le train pour aller le voir....

— Que lui as-tu raconté?

— Je lui ai dit carrément : « Excellence...,
je suis votre neveu, le lieutenant von Elcke,
du régiment Prince-Maximilien. Je doute de
ma profession, de mes camarades, de mes
supérieurs..., de la justice sur cette terre, en
un mot, je doute de tout. Si Votre Excellence veut bien me montrer le droit chemin,
je lui en garderai une éternelle reconnaissance.... »

— Et il t'a remis sur la voie?

— Oui. J'ai passé toute la soirée avec lui.
Il m'a fait voir qu'il y a un remède contre la
colère et le chagrin..., c'est l'accomplisse-
ment consciencieux de notre devoir... le service. « Quand on s'appelle von Elcke, m'a-t-il
dit, on naît soldat. On est destiné par la
Providence à consacrer sa vie au service du
roi et de la patrie et à trouver son unique
récompense dans le sentiment que l'on est
digne de ses ancêtres, de ces vingt von
Elcke tués pour le grand Frédéric, pendant
la guerre de Sept Ans, et de cette douzaine
d'autres qui, depuis, sont tombés au champ

d'honneur à Leipzig, à Waterloo, à Kœnig-
grætz et à Saint-Privat.... »

— Bien sûr, dit le petit Hessel, si nous
avions la guerre....

— Vois-tu... je lui ai fait la même objec-
tion, reprit Elcke avec vivacité. « Si nous
avions la guerre, Excellence, lui ai-je dit,...
je serais certes le premier à me jeter sur
l'ennemi et je ne me soucierais pas de mon
existence. Je ferais comme notre ancêtre
Achim, qui tomba sur le champ de bataille
de Fehrbellin, percé de seize blessures....
Mais ces mesquineries... cet odieux trantran
de la vie de caserne.... » Vois-tu... il ne me
laissa pas le temps d'achever. « Le service
est le service, dit-il, — et son visage prit une
expression encore plus sérieuse — il n'y a
pas de mesquineries dans le service. Que,
sous une grêle de projectiles, vous preniez
d'assaut une batterie ou que vous comptiez
à votre magasin de compagnie les musettes
dont nous avons besoin en cas de mobilisa-
tion, c'est tout comme. De toute manière
vous servez votre roi et votre patrie. Vous

leur rendez peut-être plus de services en
temps de paix que sur un champ de bataille.
Notre Allemagne est aujourd'hui à la tête
des nations, son commerce s'étend sur le
monde entier, nous avons des colonies et
mille autres chose auxquelles nos ancêtres
n'auraient pas osé songer. Eh bien, nous
officiers, nous avons le droit légitime d'ap-
puyer la main sur notre sabre et de dire :
« Ceci est notre œuvre ». Que si notre épée
doit rester au fourreau pendant des années
et des années, nos adversaires ne savent pas
moins qu'elle est bien affilée. La maintenir
en cet état, chacun selon nos moyens, tel
est, me semble-t-il, un devoir capable d'absorber la vie d'un Elcke et de faire oublier
une jeune fille... »

— Le général est-il marié ? demanda gravement le petit Hessel.

— Non, il est resté garçon.

— Je m'en doutais.

Elcke ne fit pas attention à cette remarque
de son camarade.

— Et maintenant je vois le service avec

de tout autres yeux, dit-il, et j'y trouve une
satisfaction. Je ne songe plus du tout que
nous végétons dans cette misérable bour-
gade. Je m'imagine que nous sommes à la
frontière, en un endroit où la danse peut
commencer d'un instant à l'autre, que nous
montons la garde face à l'ouest ou à l'est,
sans nous occuper de ce qui se passe derrière
nous. « Les anciens chevaliers teutoniques,
dit le général, faisaient de même. Ils renon-
çaient aux femmes et conservaient toujours
leur épée à la main.... »

— Soit... tout cela est fort joli, dit Hessel
en s'abritant les yeux avec la main. Il faut
voir si cela durera.

Elcke se redressa brusquement.

— Ce sera comme cela, conclut-il avec un
air sombre, et j'espère bien me débarrasser
de cet amour....

Le capitaine arrivait au galop et faisait des
signaux avec la main droite.

Elcke tira son sabre.

— Aux faisceaux ! commanda-t-il d'une
voix métallique. Rompez les faisceaux !...

L'arme sur l'épaule (gauche).... Chargez!...

Par files à droite, pas gymnastique!

Vers midi, la compagnie rentra du service en campagne. Les hommes, fatigués, couverts de poussière et de sueur marchaient pesamment, en suivant le même chemin qu'au départ.

Une demi-douzaine de sergents de ville étaient postés près des entrées de la fabrique. Des groupes de femmes stationnaient dans la rue et sur les portes des maisons; il y avait aussi là des garçons de quinze à seize ans avec le chapeau dans la nuque et les mains dans les poches, puis une masse d'enfants.

Sur le trottoir, contre la porte, il y avait une grande mare de sang et tout autour, dans un rayon assez étendu, des éclaboussures. Une traînée partait de là et pénétrait dans l'intérieur du bâtiment.

— Tout à l'heure ils en ont assommé un qui sortait de la fabrique pour aller dîner, dit au capitaine l'un des agents de police qui marchait à côté du cheval. Les autres l'ont traité de faux-frère: alors il les a appelés pouilleux; ça fait qu'ils lui sont tombés dessus....

— A-t-on arrêté ces individus?

— Ils sont en prison tous les trois. Mais ce soir, quand il fera nuit, cela va chauffer. Je ne sais pas trop ce qui va se passer à la sortie. Nous ne sommes pas assez nombreux.

— Il ne manque pas de militaires, dit le capitaine en s'adressant à Eleke, qui marchait à côté de lui.

Puis il congédia le sergent de ville.

... Cinq heures venaient de sonner à l'horloge de la caserne.

— La 7e compagnie.... Rompez vos rangs!

C'était un commandement que tout le monde aimait à entendre; particulièrement ceux qui, à la sueur de leur front, travaillaient à la barre fixe. Il n'était pas moins agréable aux camarades qui grimpaient à la corde, à la perche ou à l'échelle, à ceux qui marchaient sur la poutre branlante ou qui faisaient des assouplissements avec le fusil d'exercice.

Une foule pressée de troupiers vêtus de blanc se ruaient vers les portes et grimpaient les escaliers.

Elcke les suivit à pas lents. Il monta et
traversa le casernement des 7e et 8e compagnies. En passant devant les logements
des sous-officiers mariés, il entendit des cris
d'enfants, en même temps qu'une odeur de
cuisine lui montait au nez. Un étage plus
haut, il arriva au casernement de la 11e.
Les hommes, qui avaient placé les tables
massives de leurs chambrées dans le corridor, avaient démonté leurs armes et les
nettoyaient en s'accompagnant de chants
discordants. Enfin il parvint aux combles
où se trouvaient les magasins des compagnies.

Ceux-ci renfermaient une masse de cloi-
sons et de grilles en bois munies de cadenas.
De grands seaux d'incendie, à la surface
vitreuse desquels nageait une infinité de
mouches, étaient rangés à l'entrée. Une
atmosphère singulière, une odeur de drap,
de cuir, de poussière et de camphre régnait
dans ces locaux. Dans un coin était assis un
chat occupé à sa toilette.

Le sous-officier garde-magasin attendait le

lieutenant. Celui-ci donna l'ordre de sortir les tuniques n° 3.

Il descendit les ballots, apporta le registre du magasin et commença sa besogne.

La série monotone des chiffres s'égrenait, Elcke se donnait un mal infini pour contrôler le sous-officier..., mais en vain. Une seule et unique pensée martelait son cerveau et tout ce que disait le garde-magasin se résumait pour lui en ces quelques paroles : « Les voici maintenant mari et femme ».

Il se penchait mécaniquement en avant et examinait une à une les tuniques pour s'assurer qu'elles n'étaient pas mangées aux mites. De temps à autre il allait à la fenêtre pour mieux voir, et chaque fois ses lèvres répétaient involontairement ces mots : « Les voici maintenant mari et femme ».

Depuis une heure ils étaient unis. L'Église et l'État leur avaient donné la consécration voulue. Tout était en règle et l'on se préparait pour le dîner de noce. Les invités se réunissaient, les camarades arrivaient en grande tenue et avec eux l'aumônier au visage plein d'onction. Au milieu de ce monde, pressés de toutes parts et congratulés!...

— Cela fait 103 tuniques, mon lieutenant. Il en manque trois pour compléter les 106 portées sur le registre. Ce sont celles de l'enseigne porte-épée Doering, détaché à l'école de guerre de Hanovre, du sergent Kühn, détaché à l'école de tir de Spandau, et du sous-officier Winkler, qui est employé au recrutement, à Wiesenthal, comme secrétaire.

Elcke se réveilla.

— Comment? fit-il d'une voix rauque. Qu'est-ce que vous me racontez-là?

Le sous-officier répéta.

— C'est bien. Passons aux bidons et au campement.

— Elle devait être bien belle sous son voile de dentelle et sa robe blanche à traîne.... Le blanc lui va très bien... malgré ses cheveux blonds. Et puis la couronne....

Tout à coup, le sous-officier se redressa :

— Je me suis trompé, mon lieutenant,

fit-il avec un air penaud. Si mon lieutenant voulait bien compter encore une fois avec moi....

Elcke tressauta.

— C'est ainsi que tu fais ton devoir, se dit-il. Cet homme pourrait te tromper, te faire des comptes arabes, et tu aurais favorisé sa supercherie en signant le registre.

— Je vais m'en assurer, fit-il.... Passez-moi tout ça.

Il était redevenu maître de lui. L'image du général s'était dressée devant lui et lui avait répété ces mots :

« Que sous une grêle de projectiles, vous preniez d'assaut une batterie, ou que vous comptiez à votre magasin de compagnie les musettes, c'est tout comme. De toute manière vous servez votre roi et votre patrie. »

Et, redoublant de zèle, il se mit à compter avec le sous-officier.

Tout à coup, son ordonnance se dressa devant lui, comme sorti de sous terre. Il ne l'avait pas entendu entrer.

— Qu'est-ce qu'il y a ?

— Le capitaine fait demander si mon lieutenant n'a pas entendu sonner la générale.

— La générale !

— A vos ordres. Le 2ᵉ bataillon est désigné
pour marcher, et la compagnie est déjà ras-
semblée.

L'ordonnance lui tendit son casque, qu'il
avait apporté. Elcke le mit vivement et jeta
sa casquette sur la table.

— Ramassez votre fourbi. J'achèverai
demain le recensement, cria-t-il au garde-
magasin ; puis il dégringola quatre à quatre
l'escalier.

Tout était sens dessus dessous à la caserne. On eût dit une fourmilière qui aurait
été bouleversée par la canne d'un prome-
neur.

A l'entrée, le poste avait pris les armes et
le clairon, la face empourprée et les yeux
humides, répétait sans interruption la sonnerie de la générale. On entendait sous la
voûte le pas précipité et lourd des hommes
qui, tenant de la main gauche le fourreau
de leur baïonnette, rentraient en toute hâte

au quartier et regagnaient leurs chambrées.
Plus loin retentissaient les voix de sous-offi-

ciers qui faisaient l'appel de leurs escouades;
des volontaires injuriaient leurs brosseurs
qui ne retrouvaient pas leurs affaires; des

7

fractions s'éloignaient à une allure pesante; des portes battaient; des armes tombaient par terre. Tout ceci réuni formait un bruit assourdissant.

Petit à petit le calme se rétablit. Presque tout le monde était là. Seuls quelques retardataires, bondissant par la porte de la caserne, se ruaient vers leurs chambrées. Des fiacres amenaient au galop quelques lieutenants. Le service commençait.

La 7ᵉ était réunie dans la cour.

Le soleil était déjà à son déclin et l'on ne voyait plus très clair dans les coins et les angles de l'immense bâtiment. Les nuages très bas, semblant raser les toits, fuyaient rapidement et tamisaient par instant comme une pluie de lumière.

La troupe, l'arme au pied, gardait un silence profond, même solennel. Tout le monde avait les yeux fixés sur le sous-officier de tir qui, accompagné de deux hommes portant une caisse en bois, passait d'un soldat à l'autre. Cette caisse renfermait des cartouches, soigneusement graissées. Chacun en reçut cinq et d'un air embarrassé les plaça dans sa car-touchière de droite.

— Tout homme qui, sans en avoir reçu l'ordre, chargera son arme et tirera, sera puni de prison, dit le capitaine juché sur son cheval.

Ensuite, s'adressant à ses lieutenants, il ajouta à voix basse :

— Je prierai ces messieurs de ne faire charger les armes que sur mon ordre.

Les officiers joignirent les talons et, sans mot dire, portèrent la main à leur casquette.

A ce moment, on entendit un bruit peu habituel : deux chevaux trottaient sur le pavé.

Le colonel parut à l'entrée de la caserne. Il se penchait à droite et à gauche sur son cheval, on eût dit un navire battu par les vagues. Derrière lui, reconnaissable à son écharpe en bandoulière, l'adjudant-major de régiment.

— Eh bien, capitaine, serez-vous bientôt prêt? demanda le colonel. — Oui, alors dépê-chez-vous de partir.

Le capitaine, muet, salua du sabre et fit rompre par sections.

Sur ces entrefaites, le major (chef de bataillon), qui venait d'inspecter la 8ᵉ, sortait du fond de la caserne.

— A proprement parler, messieurs, il n'y a rien, dit le colonel. — Le ton du *vieux* prouvait que tout ceci lui était excessivement désagréable. — J'ai été là-bas, quelques carreaux enfoncés, voilà tout, mais enfin les autorités civiles m'ont adressé une réquisition..., je prie ces messieurs de ne rien exagérer. S'il y a moyen..., ne faites pas usage des armes.... Fourrez quelques énergumènes au bloc! Calmez le reste de cette crapule avec de bonnes paroles et des coups de crosse.... Eh bien!... au revoir, messieurs.

Le capitaine avait de la peine à suivre ses hommes. Ceux-ci descendaient au pas de charge la pente de la rue. « Un, deux, trois, quatre! » faisaient les sous-officiers, qui jetaient un coup d'œil sur leurs escouades, puis reprenaient à mi-voix et d'un ton bref : « Un, deux, trois, quatre! »

On ne voyait pas trace d'émeute, en cet endroit; il n'y avait même pas un chat dans la rue. Mais quand on arriva dans le faubourg, on rencontra des groupes de plus en plus nombreux. Des gamins sifflaient à tue-tête et des gens à la mine effrayée regardaient aux fenêtres.

L'adjudant-major de bataillon, qui faisait des grâces à cheval, attendait la compagnie.

— La rue est pleine de monde, dit-il au commandant qui venait de rejoindre. — Ils sont fous, ma parole, ces gaillards-là. Ils ont commencé par casser toutes les vitres des étages supérieurs de la fabrique. Ils n'ont rien pu faire au rez-de-chaussée à cause des volets et des grillages. Maintenant ils cherchent à enfoncer la porte cochère; il est vrai qu'elle tient bon jusqu'à présent.

— Est-elle barricadée à l'intérieur?

— A vos ordres.

Le major se retourna vers le capitaine.

— Capitaine..., il vaut mieux que nous entrions par derrière. Je ne me trompe pas, il y a bien une sortie du côté de l'eau. Une fois entré, vous ouvrirez la grande porte, et, avec un peloton à droite et un autre à gauche, vous refoulerez les manifestants. Le troisième peloton s'établira sous la porte même et veillera à ce que les ouvriers puissent sortir sans être molestés.

Le capitaine inclina son sabre et emmena sa compagnie dans la ruelle qui aboutissait à la rivière. Une bande de gamins qui avaient suivi le mouvement revinrent en hurlant annoncer cette nouvelle.

La nuit était arrivée. La compagnie n'avançait que péniblement au milieu de la boue épaisse qui régnait dans cette ruelle déserte. Enfin, elle atteignit la porte de derrière où un comptable, tout bouleversé, flanqué de deux sergents de ville, tenait une lampe au-dessus de sa tête pour mieux éclairer. Sur trois de front, l'arme à la main, la troupe entra dans la fabrique.

A première vue, ces lourds bâtiments rappelaient la caserne; mais cette dernière était bien calme en comparaison du vacarme que l'on faisait là. Un grondement sourd, indécis et effrayant résonnait à travers cet amas de constructions. Les fenêtres, les murs et le pavé même de la cour semblaient en être ébranlés. Les carreaux, recouverts à certains endroits de papier, laissaient filtrer des rayons sanglants qui striaient l'obscurité; à leur lueur, on apercevait des courroies de transmission, qui se croisaient en ronflant, et des êtres tout noirs qui s'agitaient au milieu d'elles. Tout au haut des cheminées, des flammes s'élançaient vers le ciel, laissant retomber une masse d'étincelles qui s'éteignaient dans les flaques, aux mille reflets huileux, qui existaient dans la cour.

La compagnie ne s'arrêtait pas; elle se dirigeait, en longeant les ateliers, vers la porte d'entrée, auprès de laquelle se tenaient une foule de gens agités : des employés des bureaux, des contremaîtres et quelques sergents de ville. La porte massive, à deux battants, construite avec des planches épaisses comme le poing, gémissait sous les coups répétés de la foule, interrompus à de courts intervalles par le choc furieux d'un objet très lourd.

Une minute plus tard, sur l'ordre du capitaine, on l'ouvrit.

La troupe, formée par demi-pelotons, baïonnette au canon, prit position à l'entrée. En face, à moitié dissimulée dans l'obscurité, à moitié éclairée par les lumières de la fabrique, une masse d'individus s'agitant avec inquiétude, hurlant, riant et sifflant, une cohue qui n'avait aucun but précis et ne savait au juste ce qu'elle voulait.

Tout à coup on entendit un roulement sec et bref, puis la voix indifférente et stridente du capitaine.

— Je somme les personnes rassemblées ici de se disperser, faute de quoi je ferai usage des armes.

Silence complet. Des centaines de regards chargés de haine et de curiosité étaient braqués sur la troupe immobile.

Et encore une fois, retentit l'avertissement.

— Je somme les personnes rassemblées

ici de se disperser, faute de quoi je ferai usage des armes.

Même silence. Un nouveau roulement de tambour, et pour la troisième fois le capitaine dit :

— Je somme les personnes rassemblées ici de se disperser, faute de quoi je ferai usage des armes, à l'instant même.

Une vapeur chaude se dégageait de la foule, une vague odeur de transpiration, d'eau-de-vie et de tabac. La masse se rapprochait de plus en plus, lentement, à moitié menaçante, à moitié indécise, ceux des premiers rangs étant poussés en avant par ceux de derrière.

— Donc, monsieur von Elcke, veuillez faire faire à droite à votre peloton, je vous prie. Monsieur von Hessel, faites à gauche, et alors... — à ce moment la voix du capitaine monta d'une octave — pour l'assaut!... L'arme à droite!... Croisez... ette!... En avant, pas gymnastique!...

— Peloton à droite, marche! Pas gymnastique! commanda la voix du lieutenant von

Elcke, dominant les cris de la foule et les roulements de tambour.

En même temps, on entendit le petit von Hessel commander d'une voix aiguë :

— Peloton à gauche !

Une double rangée de baïonnettes aux reflets mats s'abaissa vers les groupes qui refluaient lentement en arrière et des rangs desquels partit une grêle de pierres qui s'abattit sur les soldats.

L'homme placé à côté d'Elcke poussa un hurlement, cracha un énorme caillot de sang et assomma d'un coup de crosse un gamin qui lui avait lancé une brique à la figure et lui avait cassé une paire de dents. Le gamin s'abattit comme une masse et sans proférer une parole.

— Mon lieutenant ferait bien de se couvrir de son bras gauche, dit tout à coup le sergent-major, un vieux routier. Cette racaille en veut aux yeux de monsieur le lieutenant.... Monsieur le lieutenant devrait aussi serrer le poing. Un doigt est bien vite cassé....

Elcke se demandait s'il devait suivre ce

conseil ou non. En proie à un véritable cau-

chemar, il marchait à la tête de ses hommes.

Derrière lui, le tambour battait sans interruption, et la ligne de baïonnettes s'avançait, s'abaissant et s'élevant en cadence, et devant lui reculait au fur et à mesure, dégageant une odeur affreuse, la foule du sein de laquelle partaient des injures et des blasphèmes.

Personne ne songeait à résister. L'un cherchait à dépasser l'autre pour échapper aux baïonnettes; mais chacun, avant de disparaître, se retournait pour lancer son caillou. Les premiers se mirent à courir de toutes leurs forces, les autres les suivirent dès qu'ils eurent un peu d'air. Aussi loin que l'obscurité permettait de voir, on apercevait la rue pleine de gens fuyant à toute vitesse, mais continuant à siffler et à hurler. Insensiblement cela tournait à la farce. Finalement il n'y eut plus devant la troupe que des gamins, à peine échappés de l'école, qui faisaient mille contorsions et singeaient le lieutenant.

Elcke fit alors arrêter son monde, plaça des petits postes dans la rue et ramena le reste de son peloton à la fabrique, où il trouva le troisième peloton sous les ordres du lieutenant de réserve. De l'autre côté, Hessel revenait avec ses hommes. Il tenait à la main son casque dont la jugulaire métallique était brisée et dont la pointe avait été aplatie par un coup de pierre.

— L'un de vous a-t-il des blessés? demanda le capitaine d'une voix inquiète.

Elcke se retourna vers son peloton. L'homme à côté de lui continuait à cracher du sang et tenait à la main un objet qu'il examinait attentivement.

— Que tenez-vous-là, Scholz?

— Une dent, mon lieutenant.

— Sortez du rang et dites à l'appointé Werner de vous conduire auprès de l'infirmier.

Et portant la main à la visière de son casque il rendit compte :

— Le mousquetaire Scholz est blessé légèrement.

Les hommes du peloton de Hessel n'avaient rien eu.

— Ma foi... cela s'est encore bien passé, dit le capitaine avec un air satisfait. En somme, il n'y a eu que cet individu-là...

Et il jeta un coup d'œil sur la loge du concierge, à gauche de la porte, où l'on avait étendu sur un canapé l'ouvrier qui avait reçu le coup de crosse et auquel l'infirmier donnait ses soins.

— Il s'est rendu tout à l'heure, glissa le lieutenant de réserve à Elcke. Il a une commotion cérébrale... que faire?... c'est lui qui l'a voulu....

— Mon cher Elcke, je vous prierai de faire occuper la porte et d'envoyer des patrouilles pour nous tenir en liaison avec les petits postes. Quant à vous, Hessel, installez-vous, je vous prie, auprès de la porte de derrière. On va fermer. Veillez à ce que les ouvriers puissent sortir sans être inquiétés. Je conserve le 3e peloton avec moi, dans la cour.

Bientôt Elcke se vit seul avec ses hommes. Un silence étonnant, même inquiétant régnait à l'entour. C'était à peine si, de temps à autre, on entendait encore un cri ou les pas lourds d'une patrouille qui s'avançait entre les maisonnettes basses. La fabrique était encore en pleine activité, ses murs semblaient trembler, triomphants, comme un animal qui pousse de sombres grognements après avoir vaincu son ennemi. Peu à peu ce bourdonnement perdit de son intensité et s'éteignit finalement. On n'entendit plus dans la cour que les pas des gens qui s'éloignaient par la porte de derrière, puis tout à coup le silence se fit, à peine interrompu, à certains moments, par les causeries des hommes s'entretenant à voix basse, une quinte de toux ou le cliquetis d'une baïonnette....

— Oui, fit le capitaine en s'adressant à Elcke, habituellement ils se plaignent des charges militaires, mais en des journées comme celle d'aujourd'hui, leur opinion se modifie. Ils voient que leurs propriétés ne tiendraient qu'à un cheveu, si nous n'étions pas là pour les protéger.

Après avoir dit ces mots, il sortit dans la

rue, jeta un coup d'œil à droite et à gauche, puis rentra.

— ... Si nous ne protégeons pas les propriétés — répéta machinalement Elcke.

Les événements s'étaient précipités de telle façon qu'il n'avait pas encore eu le temps de réfléchir.... Soudain, une pensée affreuse vint assaillir son cerveau.

Que faisait-il là? Qui avait-il défendu? Qui avait-il servi? N'était-ce pas son rival..., son rival qui lui avait enlevé ce qu'il chérissait le plus sur terre?

Mais il secoua bien vite ces idées mauvaises et se dit avec fermeté, presque avec bonheur : « Non, non, ce n'est pas lui que j'ai servi.... Je sers mon roi et ma patrie.... Je veux toujours les servir ainsi que l'exigent mon devoir et la tradition d'honneur que m'ont léguée mes ancêtres. »

Il se retourna et jeta un coup d'œil sur la fabrique, dont les contours sombres se détachaient confusément dans la nuit.

A côté de lui, contre le mur, brillait un objet, vaguement éclairé. Une plaque... *So-*

ciété par actions, anciennement Giesecke, Kern et C°.

Était-ce là le roi? Était-ce là la patrie?

Non, c'était purement et simplement une machine à gagner de l'argent, beaucoup d'argent. Au milieu de ce ronflement et de ce trépignement, de cette atmosphère saturée de poussière et de sueur, on fabriquait de l'or, cet or qui domine tout. Des premières lueurs du jour à la tombée de la nuit, tout ce que l'esprit humain a imaginé, tout ce dont les forces de l'homme sont capables, était au service de l'or, et peut-être le fruit de toutes ces peines allait-il se transformer en un misérable chèque adressé à cette villa des bords du lac de Garde où le jeune ménage allait abriter ses amours.

A cette heure ils devaient être en route pour ce pays merveilleux, dont il avait lu tant de descriptions enthousiastes pendant les années monotones passées à l'école des cadets. Ainsi que beaucoup d'autres officiers, il avait toujours vécu sur la rive droite de l'Elbe.

Et elle lui appartenait maintenant....

Elcke se sentit envahir par une amertume profonde, sauvage et sans bornes. Il serra les dents, il sentit les muscles de ses bras se contracter. Il aurait voulu tuer, venger sur quelqu'un le mal qu'on lui avait fait.

Mais à qui s'en prendre?

Il retourna auprès du prolétaire qui commençait à bouger et qui reprenait connaissance. L'infirmier était enfin parvenu à arrêter l'hémorragie.

Non... ce que voulaient ces gaillards sombres et haineux ne pouvait pas être juste. Un gentilhomme prussien n'avait rien de commun avec eux... malgré sa haine, au moins égale à la leur, pour les propriétaires de ces machines.

On lui avait fait une injustice. Mais qui?

Était-ce Alix? Non. Puisque lui-même lui avait rendu sa liberté.

Giesecke? On ne pouvait agir plus loyalement, plus honorablement que ce dernier l'avait fait.

Étaient-ce ses supérieurs? Mais ils n'avaient

fait que leur devoir en lui interdisant de se marier sans argent. Il était le premier à comprendre que cette interdiction était nécessaire pour garantir le prestige et maintenir la position sociale du corps d'officiers.

Étaient-ce les camarades? Ils se montraient bons et fidèles. Ceux qui étaient au courant de ses peines lui témoignaient une cordiale sympathie.

Qui donc avait détruit son bonheur?

Il se retourna vers la fabrique et, cette fois encore, ses yeux tombèrent sur la plaque.

Et aussitôt une pensée se fit jour dans son cerveau. Pourquoi donc, ce soir, la foule avait-elle voulu pénétrer dans l'usine et détruire les machines?

C'est que ces dernières, ces monstres inexorables incarnaient une force brutale et implacable, qui réduisait les ouvriers à l'esclavage et qui l'avait terrassé lui-même.

L'argent... l'argent... et toujours l'argent..., le capital impalpable, insaisissable, impersonnel auquel il ne pouvait opposer que son travail et sa conscience!

Cela ne suffisait point quand on voulait se marier. Il fallait une rente de dix mille marcs, que l'on n'avait pas à gagner soi-même, que l'on touchait en qualité d'actionnaire chez son banquier.

Les machines détruites, la rente cessait.

Et qu'avait-il fait, lui, Elcke ?

Il avait défendu ces machines au péril de sa vie.

Il rit bruyamment et se replongea dans ses méditations.

Tout à coup il en fut tiré par la voix du capitaine, qui rassemblait la compagnie. L'adjudant-major de bataillon était à côté de ce dernier.

— Eh bien, dit-il à ces messieurs, la canaille paraît s'être calmée. Il n'y a pas eu d'incident sérieux. Nous avons l'ordre de rentrer au quartier où nous serons consignés jusqu'à plus ample informé.

Le capitaine donna ses instructions et on partit. La petite ville semblait comme morte, on n'entendait que les pas de la troupe répercutés à l'infini par les maisonnettes endormies.

Cette nuit-là, par exception, la porte de la caserne resta ouverte à deux battants; mais elle était gardée par une sentinelle double.

De nombreuses fenêtres étaient éclairées aux étages occupés par le 2ᵉ bataillon.

Les hommes avaient placé leurs fusils au râtelier et déposé les casques et les sacs sur les lits. Vêtus de la tunique, avec le ceinturon et les cartouchières, les hommes se tenaient dans les chambres, les uns étaient assis, les autres debout. On causait, on fumait, on était unanime à considérer cette aventure nocturne comme un intermède venant couper très heureusement la monotonie de l'existence habituelle. Les sous-officiers principalement étaient d'une humeur charmante. Ils se visitaient mutuellement, se réunissaient dans la chambre de l'un d'eux et commentaient les événements de la soirée, comme s'il se fût agi d'une sanglante bataille.

Quand Elcke pénétra dans son logement, une violente odeur de cigare le prit à la gorge. Un épais nuage de fumée remplissait la chambre éclairée par une seule petite lampe. Des casques, des manteaux étaient jetés en désordre dans tous les coins. Une douzaine d'officiers, qui s'étaient mis à l'aise, avaient pris possession de tous les sièges disponibles. Quelques-uns s'étaient même installés sur la table, sur la commode et sur l'appui de la fenêtre.

Où ces messieurs auraient-ils pu aller? Il leur était défendu de quitter la caserne tant que le bataillon serait consigné. Or, à part la salle d'école avec ses bancs et son tableau noir, il n'y avait que les logements d'officiers où ces messieurs pussent s'installer. La chose était si naturelle que personne n'eut même l'idée de s'excuser auprès d'Elcke d'avoir envahi son appartement. On se contenta de lui offrir un verre de punch.

La terrine dans laquelle on avait préparé ce breuvage, empruntée à la batterie de cuisine d'un sergent-major, trônait au centre de la table du milieu. A côté d'elle une lampe éclairait quatre officiers qui jouaient au *skat* ([1]).

1. Sorte d'écarté très populaire en Allemagne.

Trois autres, éclairés par une bougie, avaient également installé une partie de *skat* sur l'appui de la fenêtre. Deux capitaines se faisant vis-à-vis, avec une couverture étendue sur leurs genoux, jouaient soi-disant au piquet; les mauvaises langues disaient : à l'écarté. Il était difficile de savoir la vérité sur ce point, car ces messieurs n'avaient pour tout luminaire que des allumettes-bougies qu'ils allumaient à tour de rôle et éteignaient à l'approche des indiscrets.

Un ou deux officiers s'étaient allongés sur le canapé. D'une façon générale on était excessivement gai. Les commandants de compagnie eux-mêmes, habituellement si raides, étaient de fort bonne humeur et étaient animés de sentiments de camaraderie tels qu'ils n'en montraient d'ordinaire qu'aux grandes manœuvres. Quant aux *blaireaux* (les jeunes sous-lieutenants), ils trouvaient l'aventure colossalement plaisante et racontaient les histoires les plus extraordinaires. La 7ᵉ compagnie disaient-ils, avait trouvé dans la rue, au moment où elle chargeait un

crochet offensif tout rouillé, et aussitôt après
un *chef de file*, qui avait été perdu par la 8ᵉ.
Un autre, qui cultivait le calembour, posait
une question, toute d'actualité : « Que plante
le soldat quand il court? » Aucun des assistants n'ayant fait entendre de réponse con-
venable, il donna l'explication. La voici :
« Le soldat plante la baïonnette au bout de
son fusil quand il court au danger! »

Elcke, à la vue de cette nombreuse société,
n'aurait pas mieux demandé que de s'en
aller. Mais cela n'était pas possible. Il se
résigna donc à remplir ses devoirs de maître
de maison. D'un coup d'œil il constata que
l'on avait fumé tous ses cigares et bu tout
son cognac. Les autres lui promirent solen-
nellement de remplacer au compte du bataillon ce qu'ils lui avaient emprunté. Ensuite,
ne sachant où se mettre, il entra dans sa
chambre à coucher qui attenait à l'autre
pièce, se jeta sur son lit et y demeura étendu
sans mouvement.

Un rayon de lumière, perçant à travers
la fumée bleuâtre des cigares, pénétrait

jusqu'à lui. Il entendait le froissement des
cartes, le glouglou des bouteilles que l'on

vidait dans la terrine, des bâillements, des
rires et des exclamations étouffées des

joueurs de *skat* : *Tournips — solo — cœur — malheur*; d'autres fois il y en avait un qui fredonnait un air, et lui pendant ce temps, il rêvait les yeux ouverts.

Pour la première fois, ce jour-là, du sang avait été répandu dans le service. Pour la première fois il avait vu appliquer dans la réalité ce qu'il enseignait sans relâche depuis des jours et des années. Ce n'était plus un plastron, c'était un adversaire réel qu'il avait eu devant lui.

Mais quel adversaire?

Ce n'étaient ni les Russes ni les Français contre lesquels dans sa pensée, il gardait la frontière avec tant de plaisir. Non, c'était une horde de fous, d'ivrognes, de femmes, de gamins qui s'étaient enfuis à la vue des baïonnettes. Était-ce là ce service dont avait parlé le général, ce service capable d'absorber la vie d'un homme et de le satisfaire?

Non, mille fois non. C'était l'affaire de la police de garder les fabriques; ce n'était pas la sienne.

Et, cependant, n'avait-il pas juré sur son

épée de se conduire vaillamment et sans
reproche, de jour et de nuit, sur terre et sur
mer, en temps de paix et en temps de guerre,
ainsi qu'il appartient à un officier résolu,
aimant son devoir et son honneur?

Oui, il avait prêté ce serment et il devait
le tenir aussi longtemps qu'il serait au service...

Tout à coup il entendit dans la chambre à
côté un cliquetis de sabres, un bruit de
chaises remuées. On aurait dit que les autres
se préparaient à partir.

— Où est-il donc fourré? demanda quelqu'un.

— Il est couché là, dans sa chambre.

— Laissez-le en repos. Vous savez bien....

— Le pauvre diable! dit quelqu'un. La
porte s'ouvrit, ces messieurs sortirent en
riant et bavardant. Leurs sabres traînaient
sur les dalles du corridor. Le bruit de pas
alla en s'éloignant et se perdit dans l'escalier.

Hessel, qui boutonnait son manteau, entra
dans la chambre à coucher.

— Albert, dors-tu?

— Non.

— Tu n'as pourtant rien entendu. L'ordre est arrivé que nous pouvons rentrer chez nous. Tout est calme. Nous avons sauvé l'État.

— Cela m'est égal.

Elcke se leva, tendit la main à son ami et lui souhaita bonne nuit.

— Bonsoir. On s'est bien amusé aujourd'hui... Pour une fois c'était autre chose. Pas vrai?

Elcke tressaillit si violemment que le petit lieutenant recula effaré.

— Je ne vois rien d'amusant à cela, fit Elcke d'une voix sombre. Ce Giesecke, ils auraient bien pu.... Je m'en moque. Je suis plus pauvre que n'importe lequel des ouvriers que nous avons pourchassés ce soir.

Cela mit en fureur le petit Hessel qui se fâcha sérieusement.

— C'est trop fort mon cher. Quand on a des principes comme les tiens... on...

— On prend la porte, on donne sa démission, veux-tu dire. Sois tranquille, ce serait chose faite depuis longtemps, si tu avais bien voulu m'indiquer un moyen de vivre.

L'autre haussa les épaules et ne répondit rien.

— Tu te figures peut-être qu'un gaillard

vigoureux, de vieille noblesse, pourvu de bonnes recommandations et ayant du cœur au ventre n'aurait aucune peine à trouver un emploi. Quelle erreur! mon cher Hessel. J'ai depuis longtemps fait des recherches dans ce sens, mais en vain. Quand on veut arriver de nos jours, il faut avoir appris quelque chose,

et moi... vois-tu... mon Dieu! tu sais bien
le peu que l'on nous enseigne dans les
écoles de cadets...

— On en apprend toujours autant que dans
les collèges... moins que rien.

— Moins que rien. Oui. On demande un
régisseur... un homme de confiance, marié,
appartenant à une bonne famille. C'est parfait. Mais je n'entends rien à l'économie
rurale, je ne sais pas un mot de chimie; la
comptabilité est du chinois pour moi. Et alors?
Ailleurs, il faut un cornac pour accompagner
un jeune prince en voyage. Les quatre mots
de français que je possède ne suffisent pas.
Quant au latin et au grec, n'en parlons pas,
n'est-ce pas? Un ministre demande un secrétaire. Mais je ne sais pas sténographier, je
n'entends rien au style commercial ni à la
politique. Il y a d'anciens officiers qui sont
devenus journalistes, peintres ou autre chose.
Mais je ne possède aucun talent et je suis
trop vieux pour en acquérir un. Je ne monte
pas assez bien pour devenir écuyer; je tire
bien, mais non de façon à pouvoir me pro-

duire à la foire.... Je suis vigoureux mais pas assez fort pour ouvrir une baraque de lutteurs, en un mot...

Le petit Hessel voulut l'interrompre, mais Elcke ne lui en donna pas le temps.

— En un mot, dit-il, la caserne ne veut pas me lâcher. J'y suis né quand mon père commandait l'école de sous-officiers de Mennerstadt, j'y ai été élevé, j'y ai grandi. Tous mes souvenirs se rapportent à de longs corridors, à des portes munies d'étiquettes, à de vastes cours, à des grilles se fermant au coup de dix heures du soir. École de cadets..., école de guerre... régiment... c'est toujours la même chose. Crois-moi, la caserne ne veut pas me lâcher. Je suis son prisonnier pour la vie, et c'est un bonheur qu'elle ne renferme pas de cimetière, sinon l'on m'y enterrerait... ma parole.

Le lieutenant Hessel gardait le silence. Au bout d'un instant il prit le bras de son ami.

— Tu ne devrais pas parler ainsi... En fin de compte, voyons... Tu es jeune, vigoureux, bien portant. Pourquoi désespérer? Tout peut se modifier, s'arranger.

Elcke ne lui répondit pas.

Une abominable odeur de cigares éteints empoisonnait la chambre. Le sol était couvert de cendres et d'allumettes ; un nombre incalculable de bouts de cigares mâchés remplissait le cendrier du poêle. La lampe, s'éteignait faute d'huile et n'éclairait plus que par soubresauts les verres vides, les jeux de cartes étalés au hasard et les feuilles couvertes d'additions.

— N'est-ce pas horrible? Et il courut à la fenêtre qu'il ouvrit largement. — Vois-tu... c'est-là ma destinée.... Une abominable chambre de garçon, empuantie de tabac.... Viens dans le corridor. Je ne puis rester plus longtemps ici. Cela me dégoûte.

— Comme tu voudras, répondit le petit Hessel, — et ils sortirent.

La caserne était plongée dans un sommeil profond. Les ardoises du toit brillaient comme de l'argent. Dans la cour, on entendait couler la fontaine. Aucun autre bruit n'interrompait le calme de cette froide nuit de printemps.

Tous deux restèrent longtemps sans parler. Tout à coup, Hessel prit une résolution.

— Puisque tu te plains de ton sort... pense qu'il y a des gens encore bien plus malheureux que toi.

— Non. Ce n'est pas possible. Tout autre individu trouve une consolation dans le travail. Mais moi..., depuis ce soir, je n'ai plus de goût au mien, au service.

— Et pourtant, reprit Hessel, il y a des gens qui souffrent encore plus que toi de leur pauvreté.

— Qui donc, par exemple?

Hessel hésita une minute, puis il fit d'une voix calme :

— Mon Dieu! Pourquoi ne pas le dire? Tu le sais mieux que moi. Crois-tu qu'Alix Dahlem, aujourd'hui, s'est mariée par amour? Non, n'est-ce pas? Elle ne savait que faire, elle craignait pour son avenir, comme toi tu crains pour le tien. Mais toi, tu es libre, tandis que son existence est rivée pour tou-

9

jours à celle d'un autre, avec lequel, selon
toutes prévisions, elle ne sera guère heureuse.

— C'est elle qui l'a voulu, dit Elcke à mi-
voix.... Ce sera probablement comme tu le
dis.

— C'est elle qui l'a voulu, parce qu'elle ne
pouvait faire autrement. Tu l'as bien compris, toi-même. Quand une jeune femme est
capable de subir sa destinée, sans en mou-
rir, il me semble qu'un honnête homme doit
être assez fort, lui aussi, pour se consoler
de sa pauvreté et de la perte de ses espé-
rances....

Elcke se retourna vivement et saisit la
main de son ami.

— Tu as raison, dit-il. Je te remercie de
m'avoir ainsi parlé.

A ce moment l'horloge sonnait minuit.

— Est-ce qu'elle t'a écrit un mot d'adieu?
demanda Hessel.

Elcke fit un signe négatif.

Après avoir souhaité bonne nuit à son
interlocuteur, il regagna sa chambre. Il y

avait quelque chose de blanc... une lettre ou un billet... sur la table. Quelqu'un avait dû l'apporter pendant qu'il était dans le corridor.

A cette vue il tressaillit de peur et de joie. Elle avait donc pensé à lui, malgré tout! Elle lui avait envoyé un dernier adieu!

Il se précipita à la fenêtre, déplia le papier et lut au clair de lune :

Supplément au rapport.

Le service en campagne de demain matin n'aura pas lieu. En remplacement, il y aura tir au stand n° 11. Commencement du tir à sept heures et demie. M. le lieutenant von Elcke y assistera.

Le 31 août

Elcke roulant de sombres pensées, l'air abattu, laissait les rênes lâches à son cheval.

C'était par une fraîche matinée d'été. Les

rayons du soleil levant projetaient encore
des ombres énormes sur la piste solitaire qui
longeait un jeune bois de hêtres. Des taches
dorées de lumière éclaboussaient les fron-
daisons étincelantes de rosée. Le sol fumait
sous les roseaux et les fougères. Une petite
buée blanchâtre s'étendait partout comme
un voile léger.

La solitude de cette forêt avait quelque
chose d'intime, de virginal. Le silence de
la nature n'était interrompu que par le
gazouillement des pinsons et le cri rauque
des geais. De ci de là, une raie grise traversait la ligne, c'était un lapin qui, prompt
comme la foudre, regagnait son terrier; un
chevreuil qui, en deux bonds, franchissait le
chemin.

Les sauts que faisait alors sa monture rappelaient Elcke à la réalité. Tout à coup, il se
redressa sur sa selle et vit de loin l'assesseur
von Kræhenstein qui se dirigeait au petit
galop de son côté.

Celui-ci, en reconnaissant le lieutenant,
rassembla sa bête, s'arrêta et salua :

— Eh bien! heureux personnage, dit-il, vous allez vous promener et moi — regardant sa montre — je suis obligé de regagner en toute hâte mon rond de cuir. Ce n'est pas drôle, je vous jure, de tenir un arrondissement en bride....

Elcke avait l'air agacé.

— Vous imaginez-vous, baron, que je me promène pour mon agrément? Vous doutez-vous du service de chien que nous avons par cette canicule? Je m'en vais au grand terrain de manœuvres. Je représente l'ennemi avec une vingtaine de bonshommes, et ce soir nous avons tir de nuit.

— Encore?

— Oui, il pleuvait l'autre jour.... Alors il faut tirer aujourd'hui, car nous partons demain aux grandes manœuvres.

— Aux grandes manœuvres!

M. von Kræhenstein soupira.

— Rude affaire, ça!... Je voudrais bien y aller aussi.... Je vous envie. Ça ne vous fera pas de mal... vous avez une fichue mine.

Elcke examinait le cheval de l'autre.

— Votre bête vaut mieux que cette carne.... Le capitaine est malade... il me l'a donnée à monter.

— A propos, dit M. von Kræhenstein en riant, nous allons voir si vous vous connaissez en chevaux. A qui ai-je acheté celui-ci? Vous devez le connaître.

— Dame, je l'ai monté une douzaine de fois, fit le lieutenant en haussant les épaules. Il appartenait à Giesecke. J'ignorais qu'il l'eût vendu.

— Deviné juste. Giesecke vous l'aurait-il dit?

— Non. Je ne l'ai encore vu que deux fois à l'exercice.

— Cependant, il y a déjà huit jours qu'il est rentré de son voyage de noces.

— Oui. Je le sais.

— Alors vous n'avez pas encore vu sa femme?

— Non. Je ne l'ai pas vue depuis qu'elle est devenue Mme Giesecke.

— Oh, alors! vous serez étonné.... Sapristi! Quelle femme! Je vous dis....

Mais le lieutenant ne lui laissa pas le temps d'achever. Il lui tendit la main :

— Adieu, baron, il faut que j'aille à mon service.

Et il s'éloigna au petit galop pendant que l'assesseur, tout pensif, se dirigeait au trot vers la ville.

L'exercice ne devait commencer qu'une heure plus tard. Depuis longtemps Elcke avait remis son cheval au pas et était retombé dans ses rêveries. Demain commençaient les grandes manœuvres avec leur existence bruyante, une période où l'on ne pouvait rester seul une minute, où il fallait bivouaquer avec les hommes ou coucher sur la paille dans un cantonnement d'alerte ou s'empiler avec une douzaine de camarades dans les trois chambres d'une ferme.

Son cheval dressait les oreilles. On entendait le bruit sourd d'un galop qui se rapprochait de plus en plus. Il devait y avoir au moins deux bêtes. On ne pouvait les apercevoir à cause du tournant du chemin. D'ailleurs, à quoi bon se retourner ? Il aurait tou-

jours le temps de voir les camarades qui
venaient le déranger dans ses méditations
et qui se rendaient, comme lui, au terrain
de manœuvres.

Mais tout à coup un bruit particulier frappa
ses oreilles, le froufrou d'une amazone bat-
tant les flancs d'un cheval.

D'un bond il se retourna sur sa selle et,
au même instant, une sorte de terreur l'en-
vahit des pieds à la tête.

Machinalement il leva la main et salua.

L'amazone, baissant les yeux, s'inclina
légèrement. Ce temps de galop un peu vif
lui avait animé les joues, et ses cheveux
blonds, qui s'étaient dérangés, flottaient
à droite et à gauche de sa tête ravis-
sante comme des fils d'or éclairés par le
soleil.

— Elle n'a pas changé depuis que nous
nous sommes fait nos adieux près de l'étang,
se dit Elcke.

Son cheval commençait à s'agiter. Il s'en-
fonça dans la selle et rassembla ses rênes.
L'animal hennit et, répondant à l'appel, la

monture de la dame s'arrêta brusquement et vint se ranger contre lui.

Cette bête aimait évidemment la société. Malgré les efforts de sa maîtresse, elle tournait sur l'arrière-main et, en un clin d'œil, les deux animaux se trouvèrent côte à côte, se soufflant mutuellement dans les naseaux.

Le lieutenant salua encore une fois silencieusement et appuya de côté.

Le cheval blanc suivit le mouvement.

Sur ces entrefaites était arrivé l'ordonnance qui accompagnait madame. C'était un fantassin, très emprunté, qui se cramponnait à pleines mains après ses rênes. Il ne pouvait être que d'un secours médiocre.

— Votre cheval paraît coller, madame, observa le lieutenant en regardant Alix à la dérobée.

Quelle ironie du sort ! Les premières paroles qu'ils devaient échanger après tant d'événements, c'étaient des termes d'écurie.

Elle fit signe que oui, mais sans lever les yeux. Elle était rouge de colère et tirait nerveusement sur ses rênes. Mais le cheval blanc ne semblait pas s'en préoccuper outre mesure. Elcke ayant fait faire un mouvement à sa bête, l'autre l'imita.

— Madame, voudriez-vous, je vous prie, arrêter aussi court que possible, murmura Elcke en portant à nouveau sa main à la visière. Je vais essayer de filer de mon côté.

Il mit son cheval au galop, mais dès les premières foulées, il entendit auprès de lui un souffle bruyant, le claquement rageur d'une cravache, et vit la jeune femme chanceler sur sa bête qui faisait des sauts de mouton.

De la main droite il empoigna les rênes de ce cabochard et les deux chevaux se mirent au pas.

— Il semble, madame, dit le lieutenant d'une voix rude, que le hasard se soit fait un jeu de nous réunir encore une fois.

Elle ne répondit pas, mais haussa les épaules et serra les lèvres.

Les chevaux continuaient à marcher et Elcke ne savait que devenir.

Tout à coup Alix se retourna et le regarda en pleine figure. Elle avait encore embelli. Son visage avait changé; ses traits s'étaient adoucis et avaient pris une expression plus douce, plus aimable.

— C'est bien comme cela, — et elle se retourna comme pour s'assurer que l'ordonnance la suivait toujours — il aurait tout de même fallu nous expliquer un jour ou l'autre.

Elle respira.

— Je vous remercie, Alix, dit-il d'une voix grave. Moi aussi j'ai bien des choses à vous dire. J'ai attendu votre retour.... comme on attend une crise dans sa destinée. Depuis huit jours, que vous êtes de retour, je m'attendais d'une minute à l'autre à recevoir de vos nouvelles. Dieu merci! l'occasion se présente aujourd'hui.

— Huit jours, fit Alix toute rêveuse. Comme cela me paraît long. Baste! Il s'est décidé tant de choses dans ce laps de temps.... Vous savez qu'il donne sa démission....

— Qui? Votre mari?

— Oui. C'est pour me faire plaisir. S'il reste au service nous ne sortirons jamais de ce trou... et c'est si beau... là-bas, si admirable. Je n'aurais jamais cru qu'il pût y avoir sur terre des choses aussi magnifiques; Gênes, les lacs, le Tyrol... et les autres endroits où nous sommes allés. L'hiver prochain, nous retournerons en Italie... nous irons tout à fait dans le Sud... peut-être même à Corfou; auparavant nous irons à Paris.

— Ah!... En vérité? fit le lieutenant d'un air surpris.

— Oui... pendant ce temps on achèvera de construire notre maison de campagne dans la propriété que nous avons achetée. C'est là que nous passerons l'été. C'est si bien situé; les voisins sont si charmants! Et puis, ce n'est qu'à deux heures de Berlin, où nous prendrons, je crois, un pied-à-terre...

— Mais, alors, vous avez déjà fait tous vos projets d'avenir?

— Certainement, pourquoi ne jouirions-nous pas de la vie? Je n'en ai guère profité

jusqu'à présent. Je me fais l'effet de m'être
évadée de prison.

— Pour entrer dans une autre.

Alix le regarda d'un air étonné.

— Naturellement, personne n'est absolument indépendant, fit-elle d'une voix calme.
D'ailleurs je ne voudrais pas l'être.

Tous deux gardèrent le silence.

— Espérez-vous trouver l'oubli dans ces
voyages? demanda enfin le lieutenant.

— L'oubli? Mais pourquoi donc, grand
Dieu?... On vit au jour le jour... entre les
express et les hôtels somptueux, au milieu
d'un monde d'étrangers se renouvelant sans
cesse et toujours si intéressant et si drôle...
quelque part sur la Riviera... sous les pal-
miers de Monte-Carlo, ou sur la promenade
des Anglais à Nice. On s'imagine être un
papillon bien inutile qui voltige à travers la
vie, sans but et rien que pour s'amuser. En
somme, qu'est-ce que cela rapporte aux gens
de notre monde de mener une existence
aussi gourmée et aussi grave?

— Vous avez changé, Alix, depuis notre

dernière entrevue, fit remarquer le lieutenant avec un air sombre.

— Je ne le crois pas, fit-elle avec un
accent honnête. Je vis seulement aujourd'hui
de mes rêves de jadis. Mais ne parlons pas
toujours de moi. Que devenez-vous?

— Moi. J'ai fait mon service comme par le
passé... et j'ai attendu votre retour.

— Pauvre ami! — Elle regarda par terre.
— Vous savez pourtant que nous ne pouvons
plus rien être l'un pour l'autre....

— Je le sais, et cependant c'est une consolation pour moi que de vous savoir auprès
de moi. Je ne sens plus autant mon isole-
ment. Je sais qu'un autre être partage ma
triste destinée ...

— Une triste destinée! fit-elle lentement
et d'un ton incrédule.... Il faut surmonter
cela....

— Je ne le puis... et vous non plus....

En entendant ces mots, Alix se redressa
et lui lança un regard étonné.

— Je ne suis pas malheureuse, dit-elle.
Vraiment non, Albert.

Elcke se mit à ricaner.

— Vous croyez cela... parce que vous
êtes grisée, étourdie par toutes ces impres-
sions nouvelles. Mais attendez que vous
soyez revenue à une existence plus calme, et
alors vous reconnaîtrez que les voyages, les
distractions et tout le luxe imaginable ne peu-
vent remplacer l'amour qui vous manque....

La jeune femme, le regardant en plein
visage, lui dit à voix basse, mais avec fermeté :

— Mais j'aime mon mari; je l'aime de tout
mon cœur.... Il a cherché à gagner mon
cœur, à force de patience et de tendresse.
Je le vois toujours avec son bon sourire
indulgent qui semblait me dire : « Tu me
remercieras un jour de ce que j'ai fait pour
toi. » Et c'est ainsi qu'est arrivé, petit à
petit, le jour où j'ai éprouvé pour lui plus
que de la reconnaissance, plus que de l'ami-
tié. Aujourd'hui je l'aime et je sens que je
l'aimerai tant que je vivrai.

Elcke se pencha sur sa selle. Une haine
féroce brillait dans ses yeux.

— Tu ne l'aimes pas, Alix.... Tu aimes son argent... et tout ce qu'il peut te procurer avec cet argent, c'est-à-dire l'indépendance, la vie facile....

— Ceci peut y avoir eu une part, reprit Alix d'un ton calme. Je n'en sais rien. Mais je ne veux pas me faire meilleure que je ne suis. En tout cas je l'aime... et c'est l'essentiel.

— Et si votre usine brûlait. Si vous perdiez votre argent. Je voudrais bien voir votre union.

La jeune femme haussa les épaules.

— Nous verrions à supporter le coup. Mais cela n'arrivera pas. C'est si beau d'être riche, ajouta-t-elle d'un ton rêveur, c'est si bon! J'espère, Albert, que toi aussi tu l'éprouveras un jour.

— Moi?

— Oui. Tu sais bien que tout est fini entre nous. Cette conversation est la dernière que nous aurons ensemble et, je puis te le dire, mon mari lui-même avait souhaité que j'eusse une explication définitive avec toi. C'est maintenant chose faite, et....

— Et... et....

Elle détourna la tête.

— Et, fit-elle en hésitant, on a déjà vu bien souvent des lieutenants pauvres....

— Des lieutenants pauvres faire de riches partis, n'est-ce pas?

— Oui. Crois-moi, Albert, c'est ce qui vaudrait le mieux pour toi....

Poussant un éclat de rire sauvage, il avait salué et, d'un bond formidable, avait enlevé son cheval par-dessus le fossé bordant le terrain de manœuvres. Il savait bien que la paisible monture d'Alix ne le suivrait pas.

Sans se retourner, il partit au grand galop, ne sachant où il allait. Bientôt il s'aperçut que sa bête ralentissait l'allure et, tout à coup, il se trouva nez à nez avec le long adjudant-major du 168e, le régiment frère, occupé à installer l'ennemi figuré sur les buttes de sable à l'autre bout du terrain.

— Vous êtes joliment pressé, camarade, fit l'autre en riant.

Sans mot dire, il salua.

L'autre le regarda et murmura en secouant la tête : « Quel drôle de saint! »

— Brigade!

La voix du général, campé sur une butte, retentit avec un accent cuivré.

— Régiment! répètent une basse profonde et un organe très aigu.

— Bataillon! commandent presque simultanément les six chefs de bataillon.

— Marche!

Le général, petit et maigre, s'incline sur sa selle, comme pour saluer un adversaire invisible, et abaisse son sabre le long du corps de son cheval.

— Marche! répètent les colonels, en rasant leur étrier droit avec leurs lames.

— Marche! commandent les chefs de bataillon, qui se retournent vers leur troupe.

Et alors s'animent les épais nuages de poussière blanchâtre qui planent au-dessus du sol brûlant du polygone. Ils se divisent, se déchirent et sont entraînés par le vent qui souffle légèrement. On aperçoit parfois, à travers ce rideau de noires masses, des corps énormes qui grouillent et rampent sans discontinuer sur le sol mouvant. Par-ci par-là, on voit la tête d'un cheval qui encense en mâchant son frein, la pointe d'un casque qui oscille ou l'extrémité d'un sabre qui s'agite.

Ce désert de sable retentit d'un sourd piétinement. Les longues lignes d'êtres gris de poussière s'avancent et deviennent de plus en plus distinctes. Au-dessus d'elles ondulent en désordre les rangées d'armes placées sur l'épaule. Les sous-officiers chuchotent, les officiers crient et jurent après les hommes de leurs pelotons et les commandements des capitaines se confondent avec le cliquetis des gamelles et le bruit de six mille paires de bottes munies de clous.

On aurait dit qu'un rideau de fumée voilait les carrés massifs des bataillons.

— Droit devant vous!

Les adjudants-majors se précipitent à bride abattue pour marquer la nouvelle direction.

Les bataillons pataugent lentement à travers le sable. Il règne une atmosphère étouffante parmi cette cohue d'hommes étroitement serrés, ne respirant qu'à peine et inondés de sueur. La poussière s'infiltre dans la gorge, dans les oreilles, dans les yeux et les narines; elle forme des croûtes épaisses sur le visage échauffé des hommes, recouvre d'une couche uniformément grise le drap bleu et rouge des effets de la troupe.

et donne à tous les chevaux la même robe couleur de farine.

Et la chaleur augmente toujours. Il est six heures et demie. Quand la manœuvre se terminera-t-elle? De tous côtés on voit déjà des points noirs qui restent en arrière des bataillons. Les infirmiers aux vêtements sombres, tenant leur gourde spéciale à la main, courent d'un traînard à l'autre. Le médecin aide-major trotte dans tous les sens, tirant nerveusement sur les rênes de sa bête de louage qui menace de tomber à chaque pas. En tête on ne se préoccupe pas de cela. Le *Turc*, c'est-à-dire le combat contre un ennemi figuré par des fanions rouges, bat son plein.

Les bataillons se sont déployés en lignes minces et étendues. Les plus avancés sont en tirailleurs. Ici des compagnies se terrent à l'abri d'un repli de terrain, là d'autres forment une chaîne qui se rapproche lentement de la position occupée par l'ennemi. En arrière viennent, par petits paquets, les troupes de soutien, suivies elles-mêmes de la deuxième ligne qui s'avance d'un pas lent et solennel, accompagnée des batteries de caisse et des sons criards des *piccoli* (fifres).

Il n'y a rien de modifié aux anciens pro-

cédés. Le *Turc* se déroule conformément au programme. L'ennemi résiste encore énergiquement et fait un feu d'enfer. L'adjudant-major du 168ᵉ s'acharne à déployer des fanions rouges figurant des compagnies de réserve et même un jaune marquant une batterie. Peine inutile! Les tirailleurs arrivent sur lui, le feu rapide est ouvert, la deuxième ligne se rapproche et voici que retentit le commandement de : « Debout! En avant, pas gymnastique! »

De tous côtés on aperçoit des fantassins lancés au pas de course et poussant des « hourras » qui vous donnent la chair de poule.... L'immense adjudant-major est battu. Très digne, il tourne bride et emmène ses quelques hommes avec leurs fanions.... Aussitôt après retentit le : « Garde à vous! Halte! » La manœuvre est terminée. Une sonnerie mystérieuse éclate annonçant aux guerriers présents sur le terrain que le général de brigade désire causer avec MM. les officiers montés.

Une trentaine de ces derniers gagnent à des allures plus ou moins rapides l'endroit où se fait la critique, et les lieutenants s'allongent par terre.

La conférence ne dure pas longtemps; les cavaliers rejoignent leurs troupes et le

clairon sonne : « _Tuez-le!_ » (Cessez le feu).
Ceci veut dire que la manœuvre est terminée pour aujourd'hui.

Les adjudants-majors bondissent dans
toutes les directions et placent des jalon-
neurs, les musiques entonnent un défilé
vif et gai et le premier des carrés se met
en mouvement, précédé à cinquante pas par
les trois drapeaux[1] portés par des sous-
officiers, flanqués de deux lieutenants. Des
centaines d'yeux se fixent sur le général qui,
entouré de son état-major, a les honneurs
du défilé, et, à chaque coup de grosse
caisse, des centaines de jambes se projettent
hors du rang.

A quelque distance de là, les bataillons
rouvrent leurs intervalles et se dirigent
vers le peuplier isolé qui se trouve à l'extrémité du terrain. Là commence la grande
route.... On va rentrer à la caserne. Le commandement de : « Pas de route » est accueilli
avec enthousiasme par les soldats qui s'em-
pressent de se mettre à l'aise.

1. En Allemagne, il y a un drapeau par bataillon.

La 5ᵉ, réputée pour sa gaieté, et qui, ce jour-là, marche en tête, se met à chanter :

> Il y avait une fois trois régiments
> Qui traversaient le Rhin.

Et la colonne entière répète :

> Il y avait une fois trois régiments
> Qui traversaient le Rhin.

Puis la 5ᵉ reprend :

> Un régiment à pied
> Un régiment à cheval.

et les autres continuent sur un ton plaintif :

> Et un régiment de dragons-on-on-ons.

Et pendant que les troupes regagnent lentement, par la route brûlante et grise, leur garnison lointaine, les strophes mélancoliques de cette vieille chanson de soldats montent une à une vers le ciel bleu.

Le soleil devient de plus en plus chaud, bientôt les chants cessent et l'on n'entend plus que le bruit des bottes foulant la poussière blanche, le cliquetis des marmites, parfois un juron étouffé ou l'ébrouement d'un cheval.

A mi-chemin les bataillons de l'autre régiment quittent la colonne et vont cantonner dans les villages à proximité de la petite ville.

Enfin les toits bas et le vieux clocher de cette dernière se montrent. A cette vue tout le monde se ranime, le pas s'accélère, des plaisanteries jaillissent et la 5e reprend ses chansons que les suivantes répètent :

> Et partout, et partout
> Retentit le bruit des trompettes.
> Et partout, et partout
> On entend ce son.

Et tout le bataillon reprend en cœur :

> Hourra ! quelle joie, quel plaisir d'être soldat.
> Hourra ! quelle joie....

— D'avoir été soldats ! hurlent quelques centaines d'individus.

Cette saillie, vieille comme le monde, ne manque pas de produire son effet. Les capitaines font semblant de ne pas l'entendre, les

lieutenants en rient, et la marche continue
jusqu'à ce qu'on arrive enfin à la porte de
la ville.

On s'arrête; on rectifie la tenue.

— Bataillon, marche!

La musique entonne un pas redoublé; le
passage de la troupe constitue l'une des
distractions de la petite ville. Tout le monde
accourt, les bonnes se précipitent aux
portes, les croisées s'ouvrent. Personne ne
veut perdre ce spectacle.

— Les voici qui arrivent! crient les gamins.

C'est d'abord le colonel, puis les officiers
supérieurs, les adjudants-majors et enfin le
régiment. La musique joue ses airs les plus
éclatants, le pavé tremble, les vitres fré-
missent, les lieutenants, tout gris de poussière, saluent aimablement du sabre l'aris-
tocratie féminine qui, par un singulier effet
du hasard, se promène juste à cette heure-
là. Ici et là une femme de capitaine sourit
du haut de sa fenêtre, un bambin retenu
par sa bonne envoie des bonjours à son

père, le major, puis le tout s'engouffre successivement dans la caserne aux toits rouges,
la petite ville, incendiée par un soleil d'août,
retombe dans son engourdissement, et les
militaires, se conformant aux ordres reçus,
font la sieste.

Un profond silence règne dans les vastes
corridors ; seules quelques portes entr'ouvertes laissent échapper des ronflements
sonores. Dans la cour, le sous-officier de jour
maugrée et jure en surveillant l'indécrottable
maladroit Tuleikes, condamné à des heures
supplémentaires d'exercice.

Une bande de lieutenants, Hessel, Heinze,
Elcke et d'autres, sous la direction du gros
baron Bloode, traînent le sabre, traversent
la rue et gagnent la brasserie pour calmer
leur soif avant tout.

On est enfin réuni autour de la table
ronde. Le garçon apporte en clopinant des
verres. Petit à petit, suivant l'expression du
baron Bloode, « on se sent redevenir des
hommes ».

— Ouf ! dit-il en déposant son verre et

en s'essuyant la moustache. Et dire que nous avons encore tir de nuit aujourd'hui. Puis, demain, à Dieu sait quelle heure, départ pour les manœuvres! Merci du jeu! L'on sait au moins pourquoi l'on est au monde.

— Le tir de nuit ne durera pas longtemps, dit par manière de consolation l'adjudant-major de bataillon. Nous arriverons avant la tombée de la nuit, nous pointerons les armes et, dès qu'il fera sombre, la pétarade commencera. Cela ne demandera pas une heure.

— Et quelle valeur morale a donc ce tapage nocturne? demanda un officier de réserve.

— C'est une préparation à la guerre de siège, répondit l'adjudant-major. Pendant qu'il fait jour on creuse dans les retranche-ments des rigoles orientées vers la position ennemie, qui, en l'espèce, est marquée par des silhouettes placées à 800 mètres, et dans ces rigoles on place des fusils. De cette ma-nière, nous pouvons tirer au milieu de la nuit et nous sommes sûrs que nos balles vont atteindre un point déterminé.

— Nous supposons du moins qu'elles vont l'atteindre, car, il y a deux ans, nous avons tué de cette façon un paysan ivre qui rentrait chez lui.

— Cela n'arrivera plus, observa l'adjudant-major du régiment, car nous avons pris toutes les précautions imaginables.

— J'aimerais mieux me coucher, dit le gros baron.

— Et aller demain aux manœuvres — fit un jeune lieutenant, presque un enfant. — Je m'en réjouis, comme un voleur.

Cela mit le baron Bloode en fureur.

— Savez-vous bien ce que c'est que les manœuvres, jeune blaireau? Il y a deux ans, à cette époque, vous n'étiez pas encore au service; l'an dernier, vous étiez à l'École de guerre. Je vais donc vous expliquer la chose : cela consiste à ne pas se laver le matin, à partir sans avoir pu se donner un coup de peigne ni de brosse, à mener une existence de troglodyte. Les manœuvres...

ça consiste à jouer, l'après-midi, au croquet avec des jeunes filles dans l'âge ingrat, quand on préférerait se reposer des fatigues de la matinée. Ça consiste à compter les puces qui infestent le lit dans lequel vous couchez. En un mot, les manœuvres signifient tout autre chose que de l'agrément. C'est de la saloperie. Rappelez-vous ce que je vous dis-là, jeune homme.

Après cette allocution fulminante, le lieutenant se plongea la figure dans son verre et ne crut pas devoir répondre aux objections scandalisées des autres.

Il y avait une discussion dans le corridor. Le garçon se gendarmait contre le secrétaire du colonel, un gros sergent, qui avait l'air d'un professeur en uniforme.

— Qu'y a-t-il? demanda l'adjudant-major.

— M. le lieutenant von Lœsch s'est fait porter malade. Il faut commander un autre officier pour placer les postes de sécurité sur la face Sud.

— Bien. Je vais demander des ordres au colonel, grogna l'adjudant-major.

Le sergent fit demi-tour à gauche et s'éloigna.

— S'il n'y a rien qui vous en empêche,

demanda Elcke, je vous prierai de me commander.

Les autres le regardèrent d'un air étonné.

Il n'avait pas ouvert la bouche depuis une heure.

— Tiens, vous n'êtes pas mort ! fit Bloode. C'est merveille que vous parliez.

— Vous avez bien mauvaise mine, observa Heinze. On dirait que la chaleur vous a enlevé toute énergie.

— Non. Pas ça. Je ne suis pas un *lieutenant d'été* [1].

Puis se retournant vers l'adjudant-major :

— Est-ce entendu ?

— Mon Dieu, vous avez déjà monté ce matin. Il est vrai que vous avez un cheval.

— Cela lui fera du bien de sortir, et vous me rendrez service.

— Je ne vois pas en quoi…..

L'adjudant-major nota la chose et ajouta :

— J'en parlerai au comte.

Elcke se leva et prit sa casquette et ses gants :

— Je vous remercie, fit-il. Au revoir, messieurs.

1. C'est ainsi que les officiers allemands appellent leurs camarades de la réserve.

14

Puis il sortit. Le silence régna pendant un bon moment et ne fut interrompu que par le gros baron qui dit tout à coup en soupirant :

— Mes enfants, mes enfants... Je ne sais pas ce que cela va donner. Ce pauvre Elcke a tout à fait perdu la tête.

Les autres ne surent que répondre.

— Voyez-vous, continua Bloode, il est arrivé à la période critique. On fait ce métier-là pendant quinze ou vingt ans, on se sent inutile... il n'y a plus de guerre... on se trouve dans le rang avec le plus jeune blaireau, qui vient de sortir de l'école... Il est vrai qu'on a une étoile sur l'épaulette[1] et que l'on touche, par jour, 5 pfennig de plus que lui.... Oui, messieurs, on se trouve alors dans une situation d'esprit toute particulière. Mais — donnant un violent coup de poing sur la table — il faut prendre le dessus. C'est notre devoir.

— Et quand on n'y réussit pas? demanda le petit Hessel.

1. Marque distinctive du grade de lieutenant en premier.

— Il faut alors s'en aller, fit l'adjudant-major en se mouchant. On n'a plus les qualités requises pour être un officier prussien.

— Parfait! dit Bloode.

Les autres se taisaient, et l'indolent Graal clopinait autour d'eux et remplissait les verres.... .

La chaleur n'était plus aussi forte. La caserne retentissait du tapage qui précède toujours un départ aux manœuvres. Les parents venaient faire leurs adieux, des fournisseurs débattaient avec les officiers payeurs le prix des voitures et des fourrages; des mercantis, embusqués dans les recoins, achetaient des pains aux hommes; des secrétaires et des plantons avec leurs serviettes à la main, des adjudants-majors et des sergents-majors, des ordonnances avec des cantines, des facteurs, des ouvriers se bousculaient dans la cour.

Le mousquetaire Frey, l'ordonnance d'El-cke, fut étonné des préparatifs que son maître faisait en vue des grandes manœu-vres. Il l'avait vu déchirer et brûler une masse de papiers, écrire et cacheter quelques lettres, pendant que lui-même rangeait les effets dans la cantine. Ensuite il était allé porter cette dernière chez le sergent-major.

Elcke, demeuré seul, se perdit en de sombres réflexions.

Il n'allait plus rien voir ni entendre de cette caserne, ni les sonneries de la vieille horloge, ni les cris des hommes qui, vêtus de grands tabliers bleus, pelaient des pommes de terre et les jetaient dans des baquets remplis d'eau, ni les accords traînants du réveil, ni la démarche lourde des mousquetaires traversant les corridors, ni tous ces mille bruits particuliers, si divers et pourtant si monotones.

C'était pour la dernière fois qu'il voyait la caserne, les longs corridors avec les râteliers d'armes et les étiquettes en carton, la voûte de la porte, le mauvais pavé de la cour avec ses flaques d'eau, et ces immenses bâtiments si peuplés et cependant si vides.

Pour la dernière fois, il voyait ses camarades, dont il entendait traîner les sabres en bas....

Le moment était venu de partir. Il se rendit dans la cour, monta à cheval et sortit lentement....

Bientôt après les troupes se mirent en marche en une colonne sombre, interminable et bruyante. Les reflets du soleil couchant se jouaient sur les armes.

Il faisait presque nuit lorsque les hommes arrivèrent au terrain de manœuvres et placèrent leurs armes dans les rigoles dirigées, vers une immense rangée de silhouettes en carton qui se détachaient indistinctement sur le fond lointain, sur la buée qui montait lentement à l'horizon. Le soleil avait disparu mais à certaines places scintillaient encore de longs rayons rouges comme du sang.

Les armes une fois placées, les hommes s'étaient retirés en attendant que l'obscurité fût complète.

Les officiers du bataillon de fusiliers s'étaient réunis à l'écart.

— Je parie que nous serons de nouveau

trempés ce soir, dit le commandant en jetant

un coup d'œil sur le ciel couleur d'ardoise.
Tant pis! Je commencerai aussitôt que pos-

sible. Messieurs les commandants de compagnie, un mot, s'il vous plaît.

Quatre paires d'éperons cliquetèrent et quatre mains gantées de blanc se portèrent aux visières.

— Je prierai ces messieurs de veiller atten

tivement, très attentivement à ce que pas un homme ne tire avant que l'ordre en soit donné. C'est le clairon placé à côté de moi qui fera la sonnerie, les compagnies la répéteront. Je vous remercie, messieurs; mettez-vous à votre aise.

L'obscurité arrivait à grands pas.

Elcke avait placé ses sentinelles, conformément aux instructions qui lui avaient été données par l'adjudant-major du régiment, et de telle façon qu'un chat n'aurait pu franchir la ligne sans être arrêté. Elles avaient la consigne de ne pas quitter leurs emplacements avant la sonnerie de : « Cessez le feu! »

Tout était donc prêt. Le lieutenant avec son cheval s'était arrêté près d'une réserve de sapins qui s'enfonçait en angle aigu dans le terrain de manœuvres.

Le croissant de la lune qui luttait contre les nuages n'éclairait guère cette plaine sablonneuse; elle la recouvrait comme d'un voile bleuâtre adoucissant les ténèbres et permettant de marcher et de voir à quelques pas devant soi.

Le cheval soufflait avec impatience et se retournait du côté de l'écurie, tirant sur les rênes et grattant le sol avec les pieds de devant.

Elcke souriait. Il savait que l'animal retrouverait facilement son chemin. Il mit donc pied à terre, releva les étriers, noua les brides et le lâcha en lui donnant une tape sur l'encolure.

L'autre le regarda d'un œil étonné; mais, voyant son cavalier se perdre dans l'obscurité, il partit d'abord au pas, ensuite au galop dans la direction de la ville.

Il y eut une émotion à la lisière du bois. Quelques troupiers, des paysans aux yeux perçants avaient cru apercevoir indistinctement un cheval qui se sauvait. Les officiers montés, grognant à l'avance, allèrent à l'endroit où ils avaient laissé leurs bêtes, pour voir si aucune d'elles ne s'était détachée. Il n'en manquait aucune, heureusement.

Les coups de vent précédant la pluie s'engouffraient violemment entre les rangées de silhouettes et les inclinaient en avant. On eût dit que ces figures inanimées rendaient les honneurs à l'être vivant qui passait lentement au milieu d'elles.

Avec mille peines Elcke était arrivé au but.

Il éclata de rire à la vue des silhouettes en carton dont les visages semblaient grimacer un sourire. Il passa lentement devant leur front et, parvenu au centre du dispositif, s'arrêta face à la lisière.

Il s'imagina être en face de l'ennemi et avoir ses hommes derrière lui, regardant la mort en pleine figure, et ses lèvres s'agitèrent silencieusement.

— Ce n'est point ma faute, se dit-il, ce n'est point ma faute si je ne crois plus à rien, sauf à l'argent. Je crois à l'argent... à rien de plus. Aussi ma place n'est-elle plus dans l'armée; car pour être officier il faut avoir le sentiment du devoir et de la foi. Je m'en vais. Que Dieu me pardonne! Amen.

Au même instant, comme pour lui répondre, une sonnerie se fit entendre : « Tuez le! Tuez-le! » et de tous côtés les clairons la répétèrent.

Aussitôt une lueur apparut à l'autre extrémité du terrain et un instant après éclata le bruit d'une fusillade lointaine.

Mais une rafale de plomb s'était abattue déjà sur les cibles, pendant que les balles

retardataires, sifflant et miaulant, faisaient
retentir un hurlement plaintif.

On aurait dit de la grêle qui tombait. De
petites colonnes de poussière s'élevaient au-

dessus du sol, des cailloux, des racines et des
brins d'herbe s'envolaient, et des esquilles
arrachées des cadres en bois fendaient l'air
avec un bruit strident.

Puis le silence se fit graduellement. Quoique

touchées en maints endroits, les silhouettes restaient debout.

Elles semblaient jeter des regards curieux sur celui qui était étendu mort à leurs pieds.

Tout à coup la pluie se mit à tomber avec violence. Une seule compagnie avait tiré.

— Rien à faire, grogna le commandant. Nous allons remporter nos cartouches sans les tirer.

— Mais peut-être..., fit l'adjudant-major.

— Quoi donc? s'écria le major en haussant les épaules. Les cibles vont tomber et nous tirerons dans le vide. Pas de ça! clairon sonnez : « Cessez le feu! »

Toutes les compagnies répétèrent la sonnerie et, un quart d'heure plus tard, le bataillon repartit, suivant la route sombre, pendant que le commandant et les officiers montés, le bras droit levé, cherchaient à se garantir les yeux contre les branches des arbres qui étaient invisibles. La pluie tombait avec une violence extrême et, comme toujours en pareille circonstance, les hommes étaient fort gais et chantaient à tue-tête

accompagnés en sourdine par les lieutenants
et les sous-officiers....

Le régiment était parti depuis une demi-
heure. On entendait encore dans le lointain

la musique qui jouait le vieil air moitié joyeux,
moitié triste :

Faut-il donc... faut-il donc... quitter la petite ville?

Puis le silence se fit.

Et tout demeura silencieux jusqu'au moment où les hommes de corvée, laissés à la
caserne pour enlever les cibles, rapportèrent
le corps du lieutenant von Elcke.

Ils étaient comme stupéfiés. Leurs bonnes
figures de paysans trahissaient une horreur
muette.

L'un d'eux courut chez le commandant de recrutement, le seul officier supérieur présent dans la garnison, pour lui rendre compte de ce qui était arrivé.

Les autres déposèrent le cadavre sur un lit et s'éloignèrent sur la pointe des pieds.

Un silence profond régnait dans la caserne. Plus de commandements, plus de roulements de tambour, plus de piétinements dans la cour. Les râteliers d'armes étaient vides, les corridors déserts. Les chambrées, dont les portes et les fenêtres étaient ouvertes au large, avec leurs couchettes découvertes et leurs armoires vides, semblaient inhabitées depuis une éternité. Rien ne bougeait. Seuls des fétus de paille, soulevés par le vent, tournoyaient dans la cour.

Tout à coup un bruit se fit entendre : la vieille horloge s'apprêtait en grinçant à sonner les heures de l'implacable et immuable service....

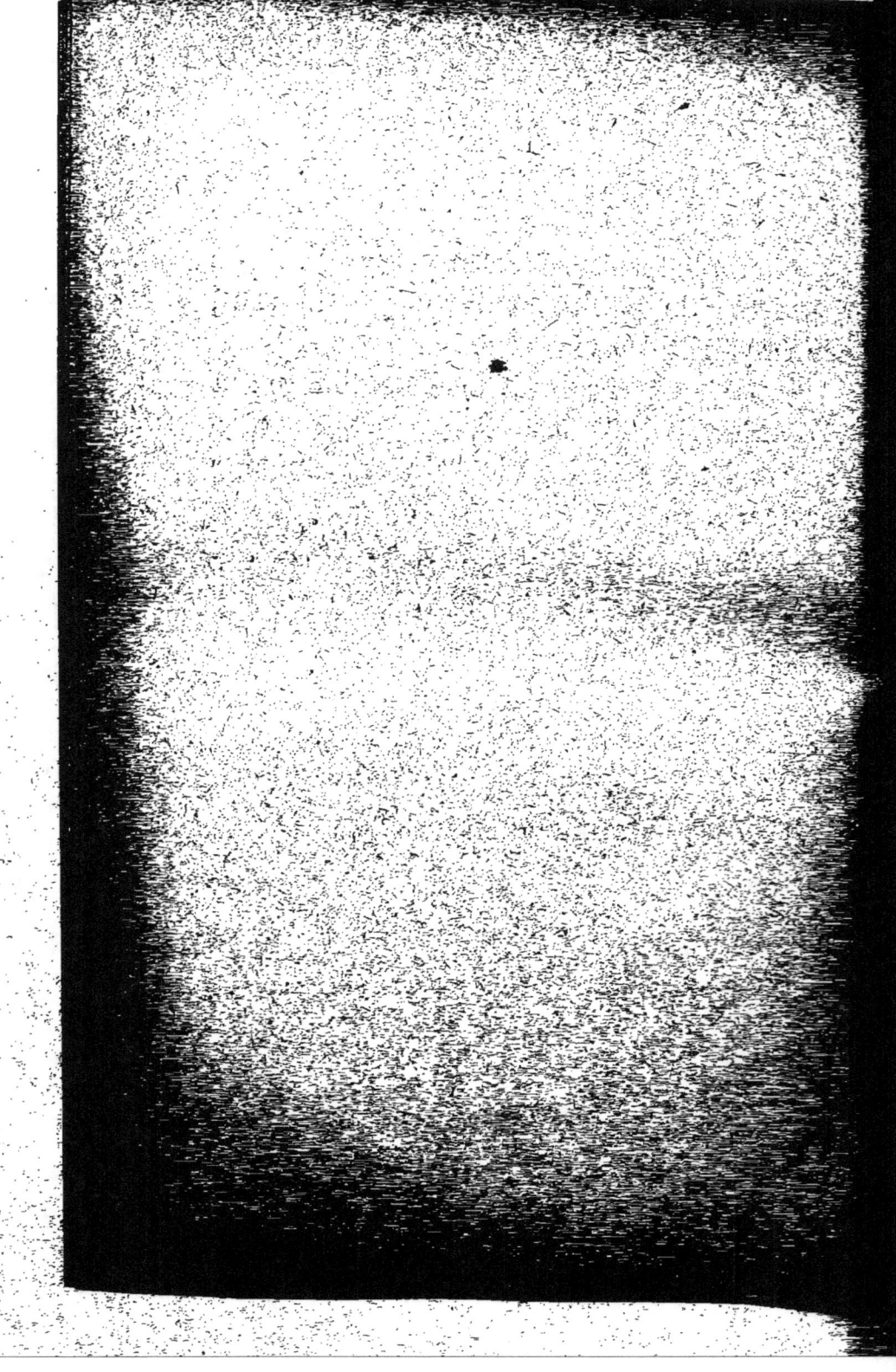

LA CHOUETTE

12

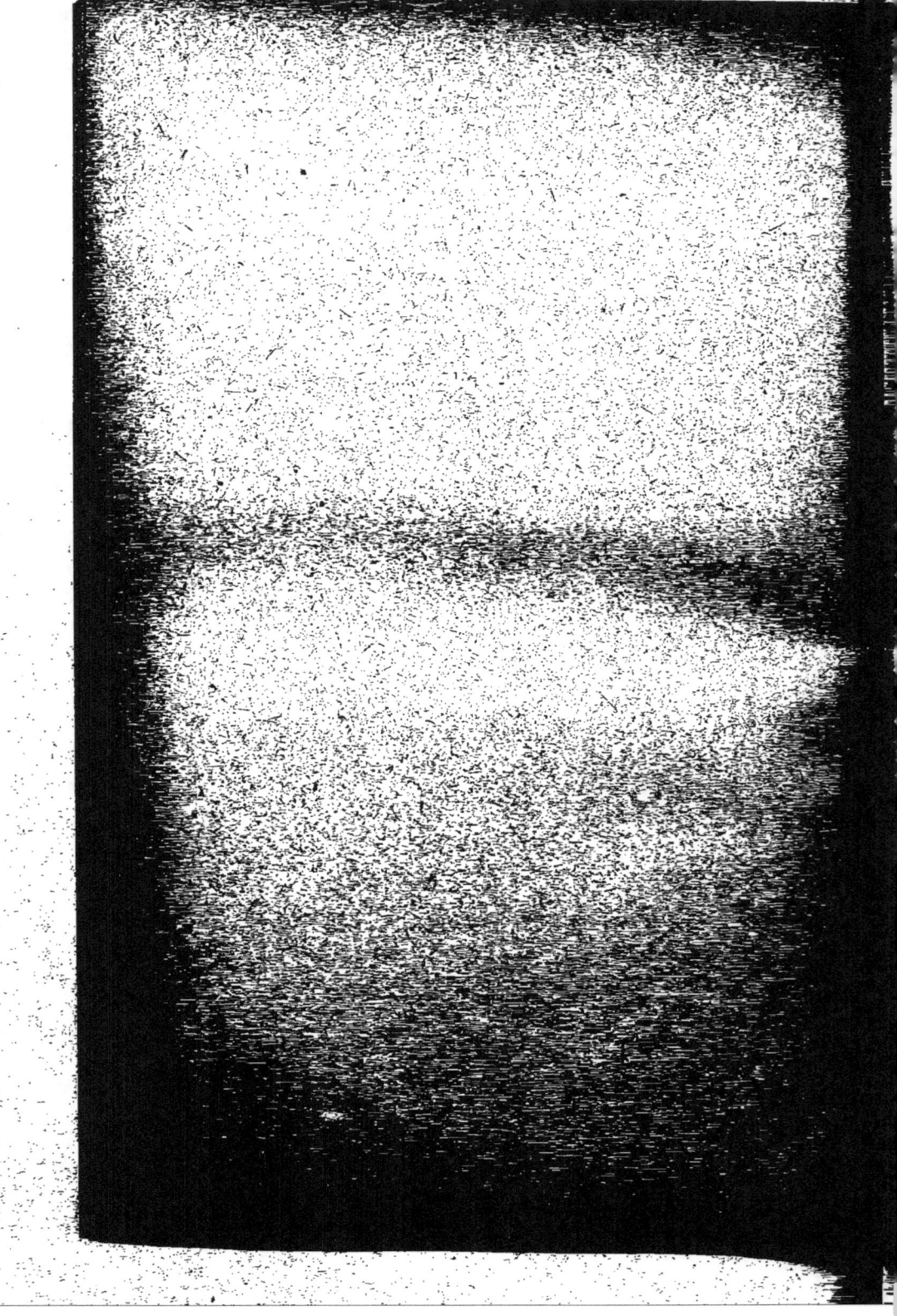

LA CHOUETTE

A l'époque où tous les deux nous servions au même régiment, on ne le connaissait que sous le nom du beau Robert.

Mon Dieu, messieurs, vous savez aussi bien que moi ce que signifie un titre décerné au casino : une interminable moustache blonde, un sabre traînant avec fracas, de la silhouette... un monocle, des dettes et un aplomb phénoménal brochant sur des airs légèrement impertinents. Voilà tout le secret et il n'en faut pas davantage pour en imposer énormément aux camarades et aux femmes.

Dame! ce que je dis là vous étonnerait singulièrement si vous voyiez Hesselslohe. Que voulez-vous? Il lui est arrivé ce qui arrive à la plupart des beaux hommes, une

fois qu'ils ont dépassé 35 ans; leurs tempes
se dégarnissent fortement et leur embon-
point augmente.... Je ne parle pas de leurs
avantages intellectuels, car, entre nous soit
dit, ces beaux hommes ne sont généralement
pas des.... Baste! En somme il n'est pas
indispensable qu'un brillant officier de
hussards soit un penseur profond.

Quant à moi, vous pouvez d'ailleurs vous
en convaincre de visu, je n'ai jamais été un
Adonis. Cela vous fait rire, mes chers hôtes,
mais ce que je vous raconte est la vérité pure
et non pas une histoire destinée à charmer
les loisirs de cette soirée que les hasards des
grandes manœuvres vous font passer chez
moi. Non, tel que vous me voyez aujour-
d'hui dans la salle de mes ancêtres, tel j'étais
autrefois, à l'époque où je servais comme
sous-lieutenant aux hussards. J'étais maigre
comme un clou, basané, agile comme un
chat sauvage, un vrai hussard quoi!

Si jamais vous nous aperceviez, le gros
Hesselslohe et moi, attablés confortablement
et vidant gaiement une fiole de vieux bour-

gogne, il ne vous viendrait jamais à l'idée
que nous ayons été jadis une paire d'enne-
mis irréconciliables. Et pourtant nous avons
professé l'un pour l'autre une haine féroce.
nous étions jaloux tous deux parce que nous
étions en rivalité constante....

D'abord nous nous retrouvions en présence
chaque jour sur les différents hippodromes,
car nous étions les deux seuls officiers du
régiment prenant part activement aux courses; nous étions en quelque sorte les étoiles
de notre corps d'officiers. Chacun de nous
deux possédait une petite écurie, deux ou
trois chevaux de steeple... et tout ce qui
s'ensuit... des dettes en masse et une divine
insouciance.

Ah! messieurs, je sens mon cœur se dila-
ter lorsque je songe à toutes les bêtises que
nous avons faites à cette époque-là. Je n'at-
tache pas la moindre importance à mes actes
raisonnables, par contre je ne voudrais à
aucun prix oublier nos folies, non, même pas
la plus insignifiante. Voyez-vous, ce sont
elles qui forment l'assaisonnement de la vie.

Le vieux et brave Mirza Schafy l'a dit en d'autres termes :

> Le bonheur sur cette terre
> Repose sur la croupe des chevaux
> Le cœur des femmes
> Et la santé du corps.

Ma foi, pour l'instant, je me porte encore admirablement, Dieu merci. Pour ce qui est de la femme, j'en ai une, ainsi que vous avez pu vous en convaincre. Je ne me trouve en état d'infériorité que sur un point : je ne monte plus aussi vigoureusement à cheval qu'autrefois. Jadis je roulais avec mes chevaux d'un hippodrome à l'autre, tout au moins dans l'Allemagne occidentale, et je ramassais des prix à droite et à gauche. Pour employer un terme devenu classique aujourd'hui, je détenais à cette époque le record de l'ubiquité. Malgré tout, mes bénéfices n'étaient pas considérables, car mes animaux coûtaient cher à nourir et puis leur transport en chemin de fer m'occasionnait de grosses dépenses. Damé, vous savez, il fallait que l'on eût de temps à autre un peu de chance au jeu, sinon... mais au fait, ce n'est pas de cela qu'il s'agit.

Par exemple, j'étais un joueur effréné. Je passais une bonne partie de mes nuits à cartonner.

Hesselslohe menait la même vie que moi et m'enlevait une bonne moitié de mon prestige aux yeux de nos camarades du régiment. Ceci était déjà l'une des raisons de notre rivalité. Quant à l'autre raison, je me bornerai à vous dire qu'elle avait de longs cheveux blonds, un demi-million de dot et un minois ravissant tout éclaboussé de taches de rousseur.

Elle s'appelait Maud.

Son père, un ancien colonel de l'armée des Indes, était venu sur ses vieux jours se fixer dans notre bonne petite capitale de Winkelkram, où il n'avait pas tardé à occuper une situation prépondérante. Un gaillard phénoménalement riche, froid comme une grenouille et muet comme une carpe. Prenez un coffre-fort, affublez-le d'une redingote et d'une paire de favoris, coiffez-le d'un haut-de-forme gris et vous aurez le portrait frappant de l'honorable M. Scoresby. Sa voix sonnait le creux, on aurait dit qu'elle venait du fond d'une armoire. Détail bizarre, lorsqu'il vous serrait la main, vous voyiez apparaître sur ses lèvres un sourire glacial.

Sa fille, miss Maud n'était pas comme lui et, dès le principe, elle avait déclaré ouvertement qu'elle n'épouserait jamais qu'un officier de cavalerie prussien.

Ceci n'était pas banal, à l'époque dont je vous parle, car en ce temps-là on n'importait pas encore de pleines cargaisons de ladys venant d'Amérique ou d'Angleterre pour chercher à Dresde ou à Wiesbade un mari, je veux dire un officier allemand. Aussi faut-il vous dire que tout le monde approuvait la résolution de miss Maud et que de toutes parts on faisait des vœux en faveur de Hesselslohe et de moi.

Il est certain que, de l'avis unanime, nous étions les deux seuls candidats possibles. D'ailleurs la jeune personne montait à cheval avec nous, elle faisait philippine avec

nous et nous choisissait toujours au cotillon.
En un mot elle nous maltraitait d'une façon
tellement ouverte que — la chose ne faisait
de doute pour personne — elle était amou-
reuse de l'un de nous deux.

Mais duquel?

Je vois d'ici, messieurs, la réflexion que
vous êtes en train de vous faire. Vous vous
vous dites : « De beaux hussards, ma foi, qui
n'avaient pas le courage de se lancer à la
charge! » C'était bien ce que nous pensions
aussi. Mais la même idée, fort cruelle, nous
retenait : « Si je suis repoussé avec perte, je
vais laisser le champ libre à mon concur-
rent. » Et dans ces conditions nous restions
immobiles, épiant mutuellement nos faits et
gestes. Dame, vous comprenez, cela faisait
traîner l'affaire en longueur. La situation
n'avait rien d'agréable, messieurs, et nous
nous en voulions à mort, Hesselslohe et moi.

Vous connaissez aussi bien que moi notre
bonne petite capitale de Winkelkram. Vous
savez que, par ordonnance de la police,
l'herbe ne doit pas dépasser une hauteur de

trois pouces dans les artères les plus fré-
quentées et que nos conseillers municipaux
ont donné la consigne à nos trois agents de
police de venir se promener en civil, chaque
jour, de midi à deux heures, sur la place du
château, pour représenter la foule agitée.
Vous n'ignorez pas davantage que, vingt ans
ença, un touriste anglais est tombé raide
mort en pleine rue, succombant à des bâillements convulsifs. Bref, c'est ce que l'on
peut appeler une petite capitale bien tranquille.

Or, voilà qu'un beau jour il dut y avoir
des courses à Winkelkram. C'était un événement inouï, et il advint à cette occasion
que l'on vit du monde dans les rues. Quand
je dis : du monde, je n'exagère pas.

J'étais de la meilleure humeur possible
lorsque mon train fit son entrée en gare;
seul dans mon compartiment, les jambes
allongées sur la banquette vis-à-vis de moi,
je fumais une cigarette.

Dans un box attelé à la queue du train, il
y avait mon cheval Palafox, une bête superbe

qui, l'air hébété, voyait se dérouler le paysage. Tout aussi hébété que lui, mon ordonnance, le hussard Schickedanz lui tenait compagnie. Que voulez-vous? je ne me doutais pas de la catastrophe qui allait s'abattre sur moi.

Il est indispensable avant de courir de se lester convenablement. Par conséquent je me rendis à l'hôtel, j'y fis un bon dîner, puis, vers les dix heures du soir, je me mis au lit.

Le lendemain matin, mon ordonnance, le hussard Schickedanz, en venant me réveiller m'annonça que Palafox feignait du pied hors-montoir postérieur.

Je restai un bon moment sans pouvoir ouvrir la bouche, mais instinctivement je cherchai un objet un peu lourd. A défaut d'autre chose j'envoyai mon bougeoir et mon porte-cigarettes à la tête de mon ordonnance, il est vrai que cela ne changeait rien à la situation et que cela n'empêchait pas mon cheval de boiter. Mon idiot de hussard avait oublié en arrivant de passer l'inspection du box, et, pendant la nuit, mon cheval s'était enfoncé un clou dans le pied.

— Ce ne sera rien, me dit le vétérinaire.
Dans huit jours il sera remis, mais il ne faut
pas songer à le monter pour l'instant....
Des compresses froides, mettre le pied dans
de l'eau courante etc., etc. »

Vous voyez d'ici l'état d'esprit dans lequel
je me trouvais.

J'étais littéralement ivre de rage, mais que
faire ? Je me résignai donc à gagner le champ
de courses, lequel est situé à un bon quart
d'heure de la ville, tout contre la rivière.

Je n'ai pas besoin, ce me semble, de vous
décrire la physionomie d'un hippodrome par
un beau soleil d'août. En haut le ciel d'un
bleu foncé, en bas le gazon vert clair, un
flamboiement et un miroitement de spencers
et de dolmans avec toutes les nuances des
perroquets, puis le bleu clair des dragons, le
bleu foncé des cuirassiers et des uhlans en
petite tenue, les ombrelles jaunes et rouges,
les toilettes blanches, vertes ou roses des
dames, les paletots gris-souris des messieurs,
les haut-de-forme gris, les casaques multicolores des jockeys, les collets rouges de l'in-

fanterie, noirs de l'artillerie, les drapeaux claquant au vent, la musique et, comme fond du décor, la forêt bleuâtre et la rivière aux flots argentins. Le tout forme un tableau ravissant. Je m'étonne qu'un pareil sujet ne tente pas plus fréquemment les peintres.

Devant la tribune, en plein air, il y avait une table portant le grand prix d'honneur : un hanap rustique en argent, de style ancien et dont le couvercle avait la forme d'une tête de chouette. Le tout avait bien un pied de haut, et brillait furieusement au soleil. Je ne sais trop pourquoi, il me semblait que cette chouette me lançait des regards satisfaits... Peut-être n'était-ce qu'un effet de lumière, d'ailleurs je n'avais pas de cheval....

— Bonjour monsieur le lieutenant, fit tout à coup une voix claire....

C'était Elle. En toilette claire et en cheveux, elle tenait son ombrelle de la main gauche et me tendait la droite.

Elle était accompagnée du vieux, en bois comme d'habitude, et d'un petit jeune homme, un parent de Liverpool.

Il répondait tout à fait au signalement des Anglais, donné par Henri Heine. Celui-ci dit, en effet, qu'ils sont badigeonnés intérieurement en gris et qu'ils ont des entrailles en bois. Quand ils se taisent, ils ouvrent la bouche, quand ils parlent ils la ferment, et rien qu'à voir leurs cheveux couleur de filasse et leurs yeux bleu pâle, et à entendre leur sempiternel o yes, on attrape en terre ferme le mal de mer.

Baste! nous connaissions les individus de cette catégorie. De temps à autre des jeunes gens taillés sur le même patron s'arrêtaient pendant quelques jours dans la capitale, assistaient aux bals de la cour, dansaient avec une maladresse à faire croire qu'ils avaient deux jambes gauches, marchaient sur les pieds des dames, étaient invités au casino des officiers où l'on s'amusait à les enivrer et finalement s'en allaient ailleurs.

Je n'attachai donc pas grande attention à ce jeune Mr. Cook, qui me fixait obstinément en souriant; et je me consacrai entièrement au vieux auquel je fis mon compliment pour la chouette. Ce hanap venait, en effet, de lui. Le programme ne portait, il est vrai, que cette mention : *offert par un ami du turf*, malgré cela tout le monde savait que le généreux donateur n'était autre que M. Scuresby.

— Ce serait si joli, si vous gagniez le prix » fit miss Maud en m'adressant un sourire adorablement séducteur.

— Pourquoi donc, Mademoiselle ? lui demandai-je très innocemment.

A ces mots elle fit une petite moue boudeuse.

— Cette question n'est pas galante de votre part, ou ne sauriez-vous pas, mais là... vraiment pas ?...

— Quoi donc, Mademoiselle ?

— C'est moi qui remettrai le prix au vainqueur.

— Et dire que je n'ai pas de cheval ! Palafox est boiteux. » Vrai, messieurs, je ne me connaissais plus de fureur.

— Ne trouverez-vous pas de cheval à monter ?

Je haussai les épaules.

— Où voulez-vous que j'aille en prendre un à la dernière heure?

— Peut-être?... Miss Maud semblait embarrassée. Peut-être, continua-t-elle, le baron Bloode....

Je sais bien ce que vous voulez dire, Mademoiselle. C'est le grand Hanitz qui monte Astarté.

— Eh bien fit-elle en jouant d'un air de plus en plus perplexe avec son ombrelle écarlate qui était ridiculement petite. J'ai cru entendre tout à l'heure, je ne suis pas sûre, mais je crois.... je crois que M. de Hanitz est un peu... malade....

— Excusez-moi, je vous prie, Mademoiselle... Immédiatement je me précipite au devant du gros Bloode et lui crie de loin : Baron, qu'est-ce qui se passe avec Hanitz?

— Plein comme une bourrique me répond-il brièvement.

— Il ne monte pas?

— S'il monte, il se cassera les reins et me tuera mon cheval, fit le gros baron avec un

beau sang-froid. Et cette dernière éventualité
me serait particulièrement désagréable. Faut-
il aussi que ces contemporains aillent s'at-
tabler à 11 heures du matin et avalent du
porter et du champagne jusqu'à extinction de
chaleur animale !

— Comment le cheval est-il handi-
capé ?

— Deux kilos et demi de tolérance....

Là-dessus j'empoigne le gros Bloode par le
bras.

— Venez au pesage avec moi, lui dis-je.
Je monterai Astarté.

Quand je grimpai sur cette bête, elle prit
un air au moins étonné. Elle dressa les
oreilles, se mit à ronger son mors et brusquement détendant son encolure, me lança
un regard de côté signifiant à peu près
ceci : « Tu sais, mon petit, nous ne ferons
pas longtemps bon ménage ensemble. » Mais,
ainsi que j'ai eu l'honneur de vous le dire, en
ce temps-là je montais assez proprement à
cheval et Astarté ne tarda pas à s'en apercevoir. Dès le premier galop d'essai elle se

13

calma singulièrement et fit preuve d'une grande docilité.

— C'est une brave bête, m'avait dit le baron de sa voix ronflante... et puis elle file comme le diable. Seulement, je vous en préviens, ouvrez l'œil aux obstacles... Cette carne s'agite, s'affole, part trop tôt et naturellement... ma foi, vous comprenez ce que je veux dire, n'est-ce pas? C'est affaire à vous de prendre vos précautions en conséquence, mais c'est une brave bête, il n'y a pas à dire le contraire.

Et il avait raison, ma foi. Astarté, voyez-vous, messieurs, il y en avait un seul qui pût lui disputer sérieusement la victoire, c'était un gros étalon bai-brun, sur lequel Hesselslohe, cassé en deux, les genoux remontés jusqu'au pommeau, était accroupi comme un petit singe sur un chameau.

Quand j'arrivai au start, il était déjà en place et de temps à autre me reluquait du coin de l'œil. J'en fis autant, mais nous ne nous adressâmes point la parole.

D'ailleurs, pour dire toute la vérité, nos

chevaux nous donnaient assez à faire. Vous savez combien ces bêtes s'agitent avant le départ.

Le cheval de Hesselslohe en particulier semblait littéralement affolé. Il dansait et faisait des bonds énormes... Tout à coup son cavalier qui, depuis un instant, grinçait des dents, perdit patience et lui administra une râclée magistrale.

Je ne vous cacherai pas, messieurs, que ceci ne me déplaisait nullement.

— Va toujours, mon ami — pensais-je en moi-même — en attendant, ne compte pas sur moi pour aujourd'hui. Je monte un cheval que je ne connais pas, et ce n'est pas moi qui te montrerai le chemin.

Tout à coup le starter donna le signal. Nous nous rapprochâmes de lui, le drapeau rouge s'abaissa et... nous voilà partis, sautant les haies et les murs, dégringolant le ravin, escaladant la pente inverse, franchissant la douve. Au tournant je frôlai si rudement un mât que je pensai me trouver mal. Nous passâmes une première fois devant les tribunes.

Hesselslohe tenait la tête, j'étais collé contre
lui, les cinq autres venaient à quelques lon-
gueurs en arrière. Le vent me sifflait aux
oreilles. Sur la gauche je voyais danser devant
mes yeux un fouillis de taches multicolores,
de chapeaux, d'uniformes, d'ombrelles, que
sais-je? Toutes sortes d'exclamations, de
bruits confus parvenaient jusqu'à moi, mais
je n'y faisais pas attention, je ne quittais pas
de l'œil le dos bombé de Hesselslohe, ses
longues moustaches qui flottaient en tous
sens, et intérieurement je faisais cette prière :
« Mon Dieu, faites donc que j'inflige une
défaite sanglante à ce gaillard-là, maintenant,
sous les yeux de Maud... »

Mais voilà, quand on est sur un champ de
courses, il ne faut pas s'abandonner à des
rêveries, il faut uniquement ouvrir l'œil à ce
qui se passe, autrement on s'expose à ce qui
faillit m'arriver ce jour-là. Au moment de
sauter devant les tribunes, je rendis la main
trop tôt. La bête s'enleva prématurément et
j'eus encore le temps de me dire « Cela finira
mal. » Au même instant je me trouvai sur

l'encolure de mon cheval et celui-ci était presque agenouillé. Par bonheur son train de derrière n'était pas resté accroché. Hup! Un vigoureux coup de reins, l'arrière-main se souleva et je me retrouvai en selle. Me voilà reparti à fond de train, je finis par retrouver mes étriers... et tout danger était écarté. Tout cela s'était passé dans l'intervalle d'une seconde.

Cet incident m'avait donné à réfléchir. A partir de ce moment je ne songeai plus qu'à conduire mon cheval d'après toutes les règles de l'art. Je m'assis bien au fond de ma selle et tenant mon cheval très rassemblé je laissai le pas à Hesselslohe, du moins aussi longtemps que nous avions encore à franchir des obstacles.

Nous arrivions aux derniers et je serrais de très près mon rival. La bête de ce dernier m'envoyait à la figure des mottes de terre qui m'aveuglaient et, malgré mon essoufflement, je ne pouvais m'empêcher de jurer comme un païen.

Tout à coup je le vois se préparer à sauter;

il est assis très en arrière, tenant à pleines
rênes la tête de son cheval, les jambes près;
il donne quelques vigoureux coups d'éperon,
nous arrivons au mur....

Au moment où je lâche la bride, je vois
Hesselslohe faire la culbute. Un véritable
moulin à vent, un corps humain, des jambes
de cheval, tout cela s'agite confusément....
Tout à coup j'entends un craquement sourd.
Ma bête s'inquiète, je réunis toutes mes
forces, et parviens à la faire passer par-dessus
le mur et la masse qui se roule par terre, puis
je reprends ma course....

Le champ est libre devant moi.... Plus de
Hesselslohe qui me gêne. J'entends les autres
derrière moi, qui cravachent leurs chevaux
à tour de bras, mais ils ne m'arrivent pas à
la sangle. Puis revoici le miroitement de la
foule bariolée, j'entends de grands cris, je
passe comme une flèche devant les tribunes
et j'arrive fièrement au poteau.

Je ne cessais de me dire : « Pourvu que ce
pauvre Hesselslohe ne se soit pas tué! » Car
il faut que je vous le confie, à force de dé-

tester ce gaillard j'en étais arrivé à l'aimer.

Baste ! Il n'était pas mort. Presque aussitôt après sa chute il se releva et ceci rassura le public. Un médecin qui était venu lui donner ses soins, le prit à part, l'examina et découvrit qu'il avait deux côtes enfoncées. On le transporta donc à la maison.

Naturellement je n'appris cela que plus tard. Pour l'instant j'étais le héros du jour avec tout ce qui s'ensuit : aubade donnée par la musique, acclamations de la foule, distribution de poignées de main à droite et à gauche et pour le bouquet, au milieu des applaudissements universels, miss Maud me remit en rougissant le hanap.

Je vous assure, messieurs, que la chouette me regardait avec un air de malice infernale, au moment où recevant le prix, des mains — un peu longues je l'avoue — de miss Maud, je déposai sur sa droite un respectueux baiser.

Mais le colonel me donnant un formidable shake-hand, me dit avec son éternel sourire désapprobateur :

— J'espère bien, monsieur le lieutenant,

que vous dînerez avec nous demain matin.

Décidément le ciel était pour moi. Cette invitation, ce prix gagné, Hesselslohe cloué sur son lit, ma résolution était fermement arrêtée : « Demain ou jamais. »

— Ce qui se passe après les courses, messieurs, vous le savez aussi bien que moi. L'on se réunit, on dîne et l'on se livre à des considérations qui diffèrent en un point des conversations qui se tiennent habituellement dans les casinos. Au lieu de parler de femmes et de chevaux, on s'occupe exclusivement de chevaux, ces jour-là. On avale du champagne en masse, plus que n'en boit un major, on porte un toast au camarade du xe régiment de hussards, un autre au camarade du ye et ainsi de suite ; en un mot et jusqu'à nouvel ordre on se comporte de la manière la plus vaillante. Tout au plus lance-t-on par ci par là un regard à la dérobée vers le haut bout de la table, pour voir si les chefs de corps et autres vieux messieurs ne se préparent encore point à s'en aller.

Vous savez pourquoi....

Ce phénomène de Mr. Cook avait, lui aussi, pris part à ce dîner. Il ne disait rien, mangeait beaucoup et buvait d'une manière effrayante. Au début les enseignes avaient essayé de le faire passer sous la table, mais ils en avaient été pour leurs frais. Autant aurait valu tenter d'enivrer une pagode, que de s'attaquer à ce gaillard qui ne cessait de braquer sur les bougies ses yeux pareils à ceux d'un merlan frit.

Bien entendu Hesselslohe ne se montra point. Il était couché dans une chambre de l'hôtel, avec une infinité de bandes qui lui enserraient la poitrine et sur la tête un sac rempli de glace. De temps à autre, pour se distraire, il jetait ce sac à la tête de son ordonnance, et ceci prouvait qu'il n'était pas trop malade.

Étant du même régiment que lui, je n'avais pu faire autrement que d'aller le voir et de lui offrir mes soins. De son côté il m'avait répondu que j'avais tort de laisser refroidir la soupe.

Je ne me le fis pas répéter deux fois. Le plus grand bonheur de l'homme est de faire sa volonté.

Comme toute chose a une fin sur cette terre, notre dîner se termina, lui aussi. On apporta le fromage, puis le café; les cigares s'allumèrent et le gros baron Bloode se mit à raconter ses calembredaines habituelles. Par terre les seaux à champagne commençaient à dessiner un nombre toujours croissant de ronds humides, et les grosses épaulettes se retiraient l'une après l'autre.

Il restait quelques majors. Mais ce n'étaient pas des empêcheurs de danser en rond. Au contraire c'étaient de vieux célibataires, des gosiers éprouvés, toujours prêts à sortir le bréviaire du diable, je veux dire les jeux de cartes.

Et les choses se passèrent donc comme il est et sera toujours de règle après une journée de courses : nous jouâmes.

Vous savez ce que c'est, messieurs, je ne vous donnerai pas de longs et ennuyeux détails. Nous *bâtimes un temple*[1], les garçons allèrent voir si les rideaux étaient bien tirés, l'hôtelier prit un air maussade en nous voyant cesser de boire et les conversations bruyantes firent place à un silence religieux.

Il y a belle heurette que je ne joue plus ; c'est ma femme qui m'en a fait perdre l'habitude, mais j'ai conservé un souvenir très net de ce que les Philistins, en se signant, appellent un tripot. La fumée des cigares s'élève en nuages bleuâtres vers le plafond et se répand dans la salle, le gaz scintille et papillote, les tapis sont couverts de miettes, de cendres et de bouts d'allumettes. Dans un coin, le garçon qui lutte contre le sommeil s'efforce de suivre la partie, près de la porte un seau à champagne renversé traîne dans une grande mare d'eau et de glace, les chaises inoccupées sont couverte de verres, de bouteilles et de bouts de cigares. Tout autour de la table, pareils à un essaim de perroquets, tous les uniformes de la création et, faisant

1. Le *Tempel* est une sorte de lansquenet.

tache sur l'ensemble, noirs comme des cor-
beaux, les habits des civils.

Tous les visages ayant la même expression
d'hébètement sont fixés obstinément sur les
cartes et les piles d'argent. N'avez-vous
jamais été frappés, messieurs, de l'air profondément inintelligent qu'ont les pontes? Le
banquier s'efforce de se donner un air impor-
tant et nasille imperturbablement — presque
toujours en mauvais français — l'invitation
à faire les jeux.

Actuellement, quand j'y réfléchis, je me
dis — et je crois être dans le vrai — que
dans le nombre il y en a très peu qui aient
réellement du plaisir à jouer. L'un cartonne
parce qu'il trouve cela très distingué, l'autre
parce qu'il a un besoin pressant d'argent
et la plupart uniquement par bêtise, parce
qu'ils ne savent trop que se raconter au
casino et qu'ils trouvent ennuyeux de rester
sans rien faire.

Pendant que nous sommes tranquillement
occupés à jouer, voici la porte qui s'ouvre et
mon Hesselslohe qui entre, la poitrine tout

emmaillotée, le visage blanc comme de la cire, et claquant des dents.

— Que diable, dit-il, je m'ennuyais là-haut, tout seul.

Nous lui faisons mille observations, mais il ne nous écoute pas, s'assied et nous prie d'excuser sa tenue débraillée, parce qu'il ne peut boutonner son dolman. Puis, tout grelottant de fièvre, il se met à ponter et avale un verre après l'autre.

Impossible de lutter contre un être aussi peu raisonnable. Finalement on le laissa en repos, car à tous ceux qui essayaient de lui faire des représentations il répondait par les grossièretés les plus choisies. Voyant cela, je haussai les épaules et me consacrai uniquement à mes cartes. J'avais d'ailleurs mille raisons d'agir ainsi, car je perdais depuis le commencement de la soirée.

Pour terminer, l'homme qui avait du sang de poisson dans les veines, l'Anglais — il avait sur lui un véritable chargement de petite monnaie — prit la banque et nous assomma tous. Ceci avait lieu précisément à l'instant où Hesselslohe se décidait enfin à regagner sa chambre. Il était cramoisi et disait tellement d'insanités que cela nous inspirait des craintes sérieuses.

Mr. Cook, lui aussi, offrait un coup d'œil qui n'était pas banal. La bouche grande ouverte, il avait, avec notre permisson, déboutonné son gilet, étalé un mouchoir sur sa tête blonde ruisselante de sueur, et enfin avait retroussé aussi haut que possible ses manchettes, ce qui nous permettait d'admirer sans restriction la pointure surnaturelle de ses mains rougeaudes.

Il était assis là et nous dévalisait avec le sang-froid d'une salamandre aquatique.

Vers quatre heures du matin j'avais perdu jusqu'à mon dernier sou; mais en revanche le champagne commençait à me tourner dans la tête. La banque n'était pas très forte pour l'instant — il y avait tout au plus un millier de marcs (1 250 francs) — alors dans la situation d'esprit lamentable où je me trouvais, il me vint une idée géniale.

Je regardai l'Anglais bien en face et lui dis d'un ton ferme :

— Banco.

Les yeux ternes de Mr. Cook se fixèrent avec étonnement sur la table, cherchant en vain la mise.

Toutefois, comme il était bien élevé, il se contenta de me regarder sans mot dire.

— Je payerai demain avant midi, déclarai-je aussitôt.

— Well! fit l'autre qui tourna les cartes et... gagna.

Je voulus courir après mon argent; mais des amis — en raison de l'état où je me trouvais, il me serait bien difficile de les nommer — intervinrent et m'empêchèrent de continuer.

Ils me prirent par le bras et m'emmenèrent soi-disant pour me faire respirer l'air frais du matin. Il est certain que le jour commençait à paraître lorsque nous sortîmes de l'hôtel. Le veilleur de nuit, debout au milieu de la place, bâillait en levant les yeux au ciel pâle et un commis-voyageur en vins

se glissait dans une voiture qui devait le
mener à la gare. Cet individu nous souriait
avec un air malicieux. Était-ce parce qu'il
était heureux de quitter Winkelkram, était-ce
pour un autre motif?

La matinée était excessivement fraîche.
Sentant des frissons, nous rentrâmes bien
vite à l'hôtel. La partie était finie. Mr. Cook
empochant son argent et poussant un grogne-
ment que l'on pouvait à la rigueur prendre
pour un *bonsoir*, prit congé de nous. De mon
côté, en proie à l'humeur la plus détestable
du monde, je regagnai ma chambre et me
couchai. A peine au lit, celui-ci se mit à
tourner avec une rapidité vertigineuse....

Quand je me réveillai le lendemain matin... mon Dieu que j'étais mal à mon aise.
Baste, vous savez aussi bien que moi, messieurs, ce que c'est qu'un *xylostome*. Toutefois le mien avait, ce jour-là, quelque chose
de particulier. Je n'avais pas mal aux cheveux, je ne ressentais pas une misère profonde, non, mais il me semblait qu'un être
chaussé de bottes énormes, de bottes cra-

quant à chaque pas, faisait les cent pas dans ma tête, sifflait des airs populaires et donnait de temps à autre des coups de canne sur les parois de mon crâne.

La situation n'avait rien d'agréable, vous pouvez me croire.

J'étais étendu dans mon lit, roulant mille pensées confuses dans mon cerveau, lorsque tout à coup les souvenirs de la nuit précédente me revinrent un à un. Puis me redressant en sursaut, je me rappelai que je devais mille marcs à l'Anglais.

D'un bond je sautai en bas de mon lit. Au même instant je ressentis une douleur très vive au bras, puis j'entendis le bruit d'un objet qui tombait avec fracas. Mon imbécile d'ordonnance n'avait rien trouvé de mieux que de placer le hanap sur la table de nuit, et dans mon empressement à me lever j'avais jeté à terre cet objet d'art.

Je le relevai et donnai un coup d'œil à ma montre. Il était dix heures dix minutes. Je n'avais donc pas un instant à perdre.

Tout en m'habillant à la hâte, je me de-

14

mandais à qui je pourrais bien emprunter
ces mille marcs. J'avais beau me creuser la
tête, la chose ne me semblait pas facile car,
ne me trouvant pas dans ma ville de garnison, je ne connaissais que très imparfaite-
ment ces messieurs. Finalement je me dis
que tout au plus quatre d'entre eux pour-
raient me tirer d'embarras, le gros Bloode,
le grand Hanitz, un petit lieutenant qui s'appelait de Westrow et enfin comme suprême
ressource, un propriétaire des environs, le
baron Breying. Il fallait que l'un ou l'autre
vint à mon aide. Il n'y avait pas moyen de
plaisanter sur le chapitre de cette dette.

Pour commencer j'allai chez Bloode. Ce
fut la première de mes déconvenues.

— Je regrette beaucoup, monsieur le lieutenant — me dit le valet de chambre d'un
ton indifférent — monsieur le baron est parti
de grand matin à la chasse et ne rentrera
pas avant ce soir.

— Bonjour.

— Bonjour, monsieur le lieutenant.

Et me voilà joli.

En entrant chez le petit Westrow du 20e hussards, je fus très désagréablement surpris de le voir couché à l'envers. Il avait la tête au pied du lit et ses jambes reposaient mollement sur les oreillers.

J'essayai de le réveiller, mais ce fut en vain. Tout ce que je pus tirer de lui pendant un instant ce ne fut que des paroles confuses, des menaces et des jurons. Comme j'insistais, bien qu'il ne parvînt pas à ouvrir les yeux, il se mit à me boxer avec fureur.

Je cherchais de tous côtés, espérant que quelqu'un ou quelque chose viendrait à mon secours. Finalement j'empoignai une de ses bottines, armée d'un éperon à la molette énorme, qui traînait au milieu de la chambre, et je me mis à rouler cette molette sur ses jambes. Ceci ne manqua pas de [produire de l'effet.

Au bout d'une minute il se réveilla et me foudroya du regard, incapable d'articuler un mot.

— As-tu de l'argent? lui demandai-je.

— Est-ce que tu es devenu fou?

— Non. Je te demande si tu as de l'argent.

— Quelle idée saugrenue!

Et le voilà qui se retourne dans le lit et se rendort.

Voyant qu'il n'y a rien à faire de ce côté, je bats tristement en retraite.

Le grand Hanitz était éveillé lorsque j'arrivai chez lui. Il était précisément en train de faire sa toilette. Bien qu'il fût, lui aussi, en très mauvais état, il vint fort aimablement à ma rencontre.

— C'est bien gentil à vous de venir me voir dit-il. Comment allez-vous ce matin? Mal aux cheveux? Hein!... J'ai appris déjà.... Avez monté hier à la perfection....

— Dites-moi, Hanitz — l'interrompis-je — pouvez-vous....

— Vous offrir un verre de schnick? certainement, avec le plus grand plaisir.... Tenez, les cigares sont là-bas....

— Avant tout, écoutez-moi....

— Parlez, mon cher, je suis tout oreilles.... à propos — et en disant ces mots Hanitz me lance un regard confiant et me pose la main sur l'épaule, — je vois à votre mine que vous êtes en fonds. Prêtez-moi donc cinq cents marcs....

Je ne sais pas, il me semble que sa figure dut prendre à ce moment une expression phénoménalement bête, car, poussant un juron formidable, je me ruai vers la porte.

Il ne me restait plus qu'une ressource : Breying....

Mais il ne m'inspirait pas grande confiance.

Voyez-vous, messieurs, si jamais vous avez besoin d'argent ne vous adressez pas à des gens qui, dès onze heures du matin, sont éblouissants de santé, rasés de frais et occupés à déjeuner, pour la seconde fois, avec le meilleur appétit du monde. Rien à faire avec eux.

C'est donc ce qui m'arriva.

— Je ne demanderais pas mieux que de vous rendre ce petit service — me dit le baron — car je me flatte d'avoir eu une jeunesse très joyeuse.... Mais ma femme..... Ah! vous ne savez pas ce que c'est que d'être marié. Ma femme le remarquerait de suite et alors....

Et une foule de pensées tristes semblèrent assaillir son esprit.

— Mais que vais-je devenir? pensai-je tout bouleversé.

Le baron me lança un coup d'œil et me dit :

— Avez vous déjà été chez papa Treutter?

— Non. Est-ce qu'il prête de l'argent?

— Papa Treutter fait tout ce que l'on veut.

— Où demeure-t-il?

— Place du Marché, n° 7, juste en face de votre hôtel.

— Adieu.

Deux minutes plus tard j'étais arrêté devant le n° 7 et je tirais la sonnette.

Le logement du papa Treutter ne ressemblait aucunement à ces demeures d'usuriers dont on trouve habituellement la description dans les romans. Bien au contraire; je fus introduit dans une pièce à deux fenêtres, à travers les rideaux blancs de laquelle le soleil perçait gaiement. Des pots de fleurs disposés sur des consoles, un canari dans une cage. Tout cela vous avait un petit air gentil, coquet même.

Et le papa Treutter avait, lui aussi, la mine avenante. C'était un petit vieux, au visage rose encadré de boucles blanches. Il parlait à voix tout à fait basse, avait continuellement un doux sourire aux lèvres et n'employait que des termes choisis.

Cet individu me faisait peur, mais j'avais besoin de lui.

— Il me faut de l'argent, monsieur Treutter, lui dis-je sans ambages.

— Très volontiers, répondit-il à mi-voix. — Quelles garanties pouvez-vous m'offrir, monsieur le lieutenant?

— Quelles garanties?... Ma signature.

Le papa Treutter sourit, ayant l'air de dire que je plaisantais.

— Si vous le désirez, je vous apporterai en outre celle de deux ou trois de mes camarades.

Le vieux continua de sourire.

— J'ai l'honneur de vous demander, monsieur le lieutenant, quelles garanties sérieuses vous pouvez m'offrir.

— De par tous les diables, répondis-je,

expliquez-vous plus clairement. Je ne vous
donnerai à aucun prix un billet d'honneur.

Entre nous soit dit, au moment où j'avais
été nommé officier, mon père m'avait fait
jurer de ne jamais prendre par écrit un
engagement d'honneur, et je lui en suis
encore aujourd'hui fort reconnaissant.

— Je sais bien — fit le vieux en haussant
les épaules. — Mais alors ne comptez pas sur
moi, monsieur le lieutenant.

— Je vous en prie, monsieur Treutter,..
balbutiai-je.

Mais le vieux filou ne voulut rien entendre.

— Je ne vous connais pas, me dit-il,
vous appartenez à une autre garnison. Je ne
sais pas quelle est votre position de fortune.
Il me faut absolument des garanties.

— Voulez-vous peut-être que je vous
engage mon cheval? m'écriai-je furieux.

Le papa Treutter secoua sa tête couverte
de cheveux blancs.

— Mais non — fit-il d'un ton cordial —
mais non, je ne connais rien en matière de

chevaux. N'auriez-vous pas autre chose à me laisser en gage?

— Ah çà, vous imaginez-vous peut-être que j'emporte des pièces d'argenterie en voyage?

— Non, non, je ne crois pas cela. Seulement fit-il en me regardant dans le blanc des yeux, que faites-vous du prix que vous avez gagné hier? J'étais aux courses et je vous y ai vu.

Il y eut alors un instant de silence.

Finalement je me levai et partis sans lui dire adieu.

Une fois rentré à l'hôtel, la vue du hanap avec sa chouette me plongea dans les plus cruelles incertitudes.

— En somme, pensai-je, ce sera l'affaire de quelques heures seulement. Ce soir j'emprunterai la somme à Bloode et je dégagerai de nouveau l'objet. Je vais le fourrer sous ma capote et personne ne s'en apercevra, pas même mon ordonnance. D'ailleurs je n'ai qu'à fermer la porte, de cette façon personne ne pourra entrer dans la chambre. Ma foi, la chose est bien simple.

Bref, messieurs, cinq minutes plus tard le papa Treutter se chargea en souriant de conserver le hanap que j'avais sorti des profondeurs de mon manteau, et moi, qui étais de la plus méchante humeur du monde, je plaçai dix billets de cent marcs sous enveloppe et les envoyai à William Cook Esq., qui demeurait sur la place du Marché.

Décidément j'éprouvais un véritable soulagement. Le dîner chez le colonel avait lieu à deux heures. J'avais juste encore le temps de me faire raser et de promener un peu mon mal de tête. Au moment où je sors de chez le perruquier je me heurte à l'ordonnance de Hesselslohe qui me prie de venir un instant à l'hôtel parce que son lieutenant est très malade. Dame, la chose n'avait rien de bien étonnant après la folie qu'il avait commise la veille.

En arrivant chez le beau Robert je demeurai consterné. Il avait l'air tout défait. Son visage était jaune comme un citron, le nez pointu, les lèvres exsangues, les yeux enfiévrés, et brochant sur l'ensemble, le sac de glace sur la tête, une masse de bandes sur la poitrine. Je n'eus aucune peine à me convaincre qu'il ne s'était pas moqué de moi en me faisant appeler.

Quand il me vit, un sourire de satisfaction illumina son visage. Il me tendit la main et me fit signe de prendre une chaise.

Je ne pus dissimuler mon étonnement, car depuis longtemps nous n'avions eu d'entrevue aussi amicale.

— Excusez-moi de vous avoir fait appeler, me dit-il d'une voix mourante, en même temps qu'il étreignait sa poitrine qui semblait le faire souffrir considérablement. Le jeu de cette nuit m'a très mal réussi. Le docteur est furieux....

— Ceci ne m'étonne aucunement, lui dis-je en manière de consolation.

— Il déclare qu'il ne répond de rien pour l'instant... — en disant ces mots, le beau Robert avait l'air on ne peut plus sérieux — du reste je sens bien que cela ne va pas, que cela n'ira pas plus loin. Mon vieil ami, je crois que je suis flambé.

Je trouve qu'en pareille circonstance il faut être brutal.

— Ne dites donc pas d'insanités, Hesselslohe, fis-je très ému.

Mais il ne voulut pas en démordre.

— Je sais ce que je sais, dit-il. Une pneumonie s'est greffée là-dessus, avec cela un érysipèle de la tête... en un mot flambé.

Je me préparai à lui envoyer une bordée de grossièretés, mais il ne m'en laissa pas le temps.

— Les instants sont précieux, dit-il, je ressens dans la poitrine des points qui me font horriblement souffrir. Je voudrais seulement vous dire une chose... vous savez... au cas où nous ne nous reverrions plus... car, somme toute, vous êtes encore le seul être raisonnable qu'il y ait au régiment....

— Après vous....

— Soit! disons donc que c'est nous deux. Les autres, bah! des intrigants, des fumistes, des jean-fesses, des....

— Hesselslohe, je vous en prie, ne blasphémez pas comme cela.

— Eh ! bon Dieu, fit le beau Robert, je veux au moins vous serrer la main comme il faut.

Le moment est propice, car avant peu....

— Encore une fois ne dites donc pas de bêtises !

— C'est très sérieux, au contraire ; mais revenons à nos moutons. Je n'ai presque plus la force de parler.

— Eh bien, quoi ?

Il me regarda fixement et me dit à voix basse, mais d'un ton pressant :

— Épousez la petite Maud.

— Mais, mon cher ami....

— Épousez-la, répétait-il avec obstination, moi je suis perdu, par conséquent je vous abandonne tous mes droits.

— Non, non, réfléchissez d'abord.

— C'est tout réfléchi. Épousez la petite Maud, soyez heureux avec elle. Cette jeune fille est faite pour vous.

J'étais extrêmement ému.

— Ma foi, lui dis-je, si vous croyez, je vais tenter l'aventure.

— Faites-le, reprit-il d'une voix basse, et maintenant, je me sens très malade. Adieu.

Nous nous serrâmes vigoureusement la main. C'était pour la seconde fois depuis bien longtemps, et je partis.

Je rencontrai le médecin dans le corridor et l'ayant pris à part je lui demandai :

— Hesselslohe est-il vraiment très malade ?

— Il a mal aux cheveux....

— Mais il prétend que vous lui avez dit....

— J'ai simplement voulu lui faire peur et j'y ai réussi. Cela ne lui fera pas de mal d'avoir quelques angoisses. Ce monsieur est tellement imprudent que je n'ai pas vu d'autre moyen de le faire demeurer au lit. De cette façon au moins il ne passera pas la nuit prochaine à cartonner, vous pouvez en être assuré. Bonjour, monsieur le lieutenant.

Là-dessus nous nous quittâmes. J'allai faire ma toilette pour dîner chez le colonel et réfléchir à la manière dont je devais m'y prendre pour me faire agréer de la petite Maud.

Et maintenant, messieurs, vous allez voir

entrer en scène la Némésis vengeresse. A
vrai dire, j'avais déjà comme un pressenti-
ment à l'instant même où je sonnais à la
porte du colonel.

Je ne savais pas au juste ce qui allait se
passer et surtout je ne songeais pas le moins
du monde à l'omineux hanap, mais j'éprouvais une sorte de malaise indescriptible.

La première personne que je vis en entrant
dans le salon, ce fut mon colonel. Décidément la chance tournait. C'était un vieux
garçon, de très antique noblesse; il avait
fait toute sa carrière dans la cavalerie de la
garde. Affreusement distingué, vous parlant
toujours de très haut avec un accent nasil-
lard très prononcé et avec cela ne manquant
pas une occasion de faire valoir la dixième
branche de la lignée des Kaulquappenhausen
dont il descendait.

Le brave colonel avait eu, ma foi, une bien
malencontreuse idée en invitant ce pèle-
rin-là.

Au fait, je n'avais guère le temps de me
livrer à des réflexions sur ce sujet, car miss

Maud et toute une bande de ladies se jetèrent sur moi.

— Le voilà enfin! s'écriait-on de toutes parts.

— Nous vous attendons depuis longtemps, dit miss Maud en me donnant une large poignée de main. Nous en parlons depuis un moment.

— De moi?

— Oh no!... de ce que vous avez gagné, du hanap.... Toutes ces dames voudraient bien le voir, Mr. Pendleton aussi, et Mr. Cook... Nous avons décidé qu'on le remplira de champagne et que toute l'assistance y boira à votre santé....

— Mais, mademoiselle, balbutiai-je éperdu.

— Ne nous enlevez pas notre plaisir, continua-t-elle en me lançant un sourire enchanteur, vous méritez cet honneur, car hier vous avez monté comme un ange...

— Non, non, c'est trop, déclarai-je, ne sachant plus ce que je disais; d'ailleurs je n'ai pas le hanap sur moi....

— Naturellement — fit le vieux colonel

qui vint à moi et appuya aussitôt sur le bouton d'une sonnette — je vais le faire chercher par un domestique.

— Je vous en supplie, non, ne faites pas cela…. Une sueur froide me perlait du front.

— Mais, monsieur le lieutenant…. — Le colonel avait l'air fâché. — Je serais très heureux de faire voir le prix que j'ai donné…

— Certainement oui, ce serait fort peu galant, dit miss Maud qui joignit ses instances à celles de son père; puis se tournant vers mon chef, elle lui dit : Altesse, je vous en prie, donnez-lui donc l'ordre de le faire apporter. Comme cela il sera forcé d'obéir.

— Oui, je vous en prie, monsieur le lieutenant.

Le comte avait pris son ton incisif et assuré, ce ton qui ne nous promettait rien de bon, quand il l'adoptait au champ de manœuvre.

— Je ne sais, ma foi, par où vous avez la tête. Comment pouvez vous être aussi inconvenant envers notre hôte. Est-ce que vous auriez trop bu à votre déjeuner ?

— Pas le moins du monde, Altesse.

— Eh bien, alors.....

Mon chef se préparait à me dire d'autres aménités, mais le vieux colonel l'interrompit en disant d'un air triomphant :

— J'ai envoyé un domestique à l'hôtel avec votre carte. Il sera de retour dans cinq minutes. En attendant, mesdames et messieurs, si vous voulez bien, nous allons passer à table....

Je crois que pour se rendre un compte exact de l'état d'esprit où je me suis trouvé là, il faut avoir été soi-même perché sur un tonneau de poudre à côté d'une mèche allumée. On se dit à chaque instant : je vais sauter, non pas encore, encore pas, toujours pas.... Sapristi, quelle situation! Avec cela Maud, à laquelle j'avais offert mon bras pour passer à table, n'avait jamais été aussi prévenante et gracieuse à mon égard que ce jour-là. C'est à peine si elle me demanda des nouvelles de Hesselslohe. Par contre elle me distingua de telle façon que l'attention générale se fixa sur nous. Mr. Cook, assis en face de moi, ne nous quittait pas de l'œil

et je puis dire qu'il n'avait pas l'air content,
oh mais, du tout.

On venait d'enlever le potage. Maud babil-
lait comme une petite folle. En d'autres temps
j'eusse été ravi de cela, mais, pour l'instant,
je ne songeais guère à lui faire des ouver-
tures. Hélas! je suais sang et eau, dans l'at-
tente de ce qui allait se passer.....

Tout à coup un violent coup de sonnette
retentit.

C'était la fatalité qui allait s'abattre sur
moi, encore plus lourdement que je n'aurais
supposé. Un domestique très correct fit son
entrée et rapporta que l'on n'avait pu trouver
le hanap à l'hôtel, qu'il avait probablement
été volé. Il ajouta ensuite que le plus grand
émoi régnait là-bas et que l'ordonnance de
M. le lieutenant demandait instamment à lui
parler.

— Faites-le entrer, ordonna mon colonel.

Le hussard Schickedanz ruisselant de larmes fit son entrée; il avait l'air encore plus
bête que de coutume. Très effrayé à la vue
de mon chef de corps, il vint se planter de-

vant lui dans une attitude irréprochable, et dit d'une voix ferme qu'il ne savait pas ce qu'était devenu le hanap, mais que, l'un des garçons de l'hôtel ayant eu l'impudence de l'accuser de l'avoir volé, il lui avait administré, à lui et à un autre, une paire de maîtresses-gifles.

— Ma foi j'en entends de belles, monsieur le lieutenant — gronda mon colonel en me lançant un regard plein de menaces.

Je compris alors qu'il n'y avait qu'un seul moyen de m'en sortir et je me levai pour demander à mon chef de vouloir bien passer avec moi dans la salle à côté. Mais au même instant la porte se rouvrit et l'hôtelier parut.

Cet homme était à moitié fou. Il nous raconta que sa maison était déshonorée, sa réputation perdue, que sais-je encore?

Il me vint alors une idée qui m'aurait sauvé si je l'avais seulement eue dix minutes plus tôt.

— Je me rappelle maintenant — fis-je à mi-voix — oui il est probable, il est même certain que je l'ai expédié hier après-midi.... J'étais distrait....

— Je vous ferai remarquer, monsieur le lieutenant, — observa mon colonel d'un ton incisif, — que les bureaux de poste sont fermés le dimanche après midi. Je serais donc assez curieux de savoir comment vous vous y êtes pris pour envoyer votre colis....

Là-dessus l'hôtelier reprit la parole avec une grande vivacité :

— Non, non, monsieur le lieutenant. Le hanap a été volé ; j'en ai la conviction. C'est pour cela que je me suis empressé d'en informer la police. Je dirai même plus, nous sommes déjà sur la piste des voleurs.

Des voleurs !....

Elle était forte celle-là, mais je n'étais pas au bout de mes peines.

— Dans ces espèces d'affaires, messieurs — continua l'hôtelier — le hasard joue souvent un rôle providentiel. A peine l'orfèvre Brackmann, qui habite à côté de chez moi, avait-il entendu parler de ce vol, qu'il est venu me trouver et m'a dit qu'un instant auparavant un individu lui avait apporté le hanap et l'avait prié de lui dire s'il était réellement en argent.

— Et, connaît-on cet individu? demanda le
vieux colonel.

— Certainement. On est même en train
de perquisitionner chez lui. Tant que l'on
n'aura pas trouvé le *corpus delicti*, je ne dirai
pas son nom....

Au même instant un vacarme épouvantable éclata dans le corridor. Je savais trop
bien ce que cela voulait dire. J'étais littéralement anéanti, je m'attendais à tout. C'est
vous dire que je ne fus aucunement étonné
de voir entrer le papa Treutter, escorté d'un
agent de police qui tenait la fatale chouette
sous le bras.

— Demandez-lui — cria le vieux d'un ton
pleurard — demandez à M. le lieutenant lui-
même si ce n'est pas lui qui m'a vendu le
hanap moyennant une somme de mille marcs
et sous condition qu'il pourrait le racheter,
dans un délai de six semaines, contre payement de douze cents marcs.

Le vieux était si agité que, sans s'en dou-
ter, il venait de livrer le secret de ses petites
opérations.

— Demandez à monsieur le lieutenant — continua-t-il à gémir — plutôt que de maltraiter un pauvre vieillard.

Mon colonel se retournant vers moi, me demanda du ton d'un juge d'instruction :

— Monsieur le lieutenant veuillez vous considérer comme étant dans le service, et répondez à ma question. Est-il vrai que vous ayez vendu le hanap à cet homme?

Que faire?

Je saisis donc mon courage à deux mains et répondis avec une assurance toute militaire :

— A vos ordres, Altesse.

Il y eut à la suite de cela un petit brouhaha, presque aussitôt suivi d'un profond silence.

Mais cela ne dura qu'un instant.

Le papa Treutter, à l'oreille de qui le colonel avait soufflé quelques mots, était parti nous laissant le hanap. L'hôtelier, l'agent de police et mon ordonnance se retirèrent également et comme les autres assistants étaient gens du meilleur monde, il ne fut plus question de rien.

Mon chef mordillait sa moustache et le
vieux colonel, pour animer la conversation
qui languissait un peu, se mit à nous raconter, sans que l'on sût pourquoi, les incidents
d'une chasse au tigre.

Mr. Cook ricanait à la dérobée et Maud avait
les larmes aux yeux. Elle ne me pardonnait
point d'avoir mis en gage un prix qu'elle
m'avait remis elle-même.

Et pendant ce temps la chouette de malheur, dressée sur une commode, clignait
ironiquement ses yeux. Personne dans l'assistance ne songeait plus à la remplir de
champagne.

A la fin, la situation devenant intolérable
pour moi, je prétextai un saignement de nez
et pris congé de la société qui — je dois le
dire — ne sembla pas s'en formaliser autrement.

Je courus à l'hôtel et m'enfermant à double
tour dans ma chambre, après avoir donné
l'ordre formel de ne laisser entrer personne, je me jetai sur mon canapé. Je ne
me connaissais plus de rage. Je restai là jus-

qu'à la nuit fumant des cigarettes et ne quittant pas des yeux le plafond. Tout à coup j'entendis frapper à ma porte avec une telle insistance que je me vis forcé d'ouvrir.

C'était le domestique du vieux colonel. Ce dernier me renvoyait la chouette que j'avais oubliée. J'empoignai l'objet et le lançai violemment dans un coin. Patatras! j'avais brisé toute la garniture de ma toilette.

La nuit suivante je rejoignis ma garnison. Lorsque je me trouvai au terrain de manœuvres, je me sentis redevenu moi-même.

Je ne vous parlerai pas d'un entretien confidentiel que j'eus avec mon colonel, ni d'un échange de lettres avec mon père, lettres plutôt désagréables.

Hesselslohe revint au bout de quinze jours. Il était suffisamment raccommodé et n'était changé que sur un point : il n'était plus mon ennemi. Au contraire, il était devenu mon ami, à tel point qu'un soir où nous avions pas mal bu, nous nous proposâmes réciproquement de nous tutoyer.

— A propos, lui dis-je quelques jours plus

tard, la question est retournée maintenant.
Depuis ma lamentable histoire, je ne puis
plus songer à la petite Maud. Prends-la.

Hesselslohe ne me répondit pas. Il se mit
à réfléchir — et vous savez que c'est une
opération qui est longue chez lui — puis
un beau dimanche il prit le train pour la capitale.

J'avais assisté à sa toilette, je l'avais vu
enfiler avec milles peines un pantalon de
tricot, un véritable maillot; je lui avais tenu
la deuxième glace afin qu'il pût convenablement se faire la raie dans le dos, je l'avais
aidé à retrousser les crocs de sa moustache.
Bref, je l'avais mis dans le train en l'accompagnant de mes vœux les plus chaleureux.

Le soir même il était de retour. Ce n'était
pas un homme, c'était une fleur privée d'eau
depuis six mois.

Je fus longtemps sans pouvoir lui arracher
une parole.

— Est-ce qu'elle a refusé ta main? lui
demandai-je enfin?

— Non... pas cela....

Et il ne cessait de me dévisager avec une sombre mélancolie.

— Te serais-tu jamais douté, me demanda-t-il enfin, que ce Mr. Cook, cette espèce de buse, fût le fils du plus riche brasseur de porter de l'Angleterre?

— Ma foi non.

— Eh bien, c'est comme cela tout de même. Son père a un demi-million de livres sterling, cela fait dix millions de marcs.

— Mais qu'est-ce que cela peut te faire? demandai-je.

— Ce que cela me fait? Elle s'est fiancée avec lui.

— Qui? La petite Maud?

— Oui, il y a de cela huit jours déjà.

Encore une chance, messieurs, qu'il ne se soit pas trouvé là un dessinateur des *Fliegende Blätter*, car, je vous assure, nos physionomies n'avaient rien de spirituel.

Ce fut le beau Robert qui, le premier, définit la situation.

— Vois-tu, me dit-il, tout cela est arrivé par notre faute. Nous aurions dû aborder

carrément l'obstacle ; nous avons tous deux
perdu notre temps. Cette fille nous attendait,
nous attendait, et à la fin elle a perdu patience
et en a pris un autre. Nous n'avons pas le
droit de lui en vouloir.

— Tu as raison.

Et là-dessus nous nous rendîmes bras
dessus bras dessous au Casino pour noyer
notre chagrin dans le sein discret de la veuve
Clicquot.

Chaque fois que je me remémore cette
histoire de chouette, je me demande si je dois
en rire ou en pleurer, car, voyez-vous, messieurs, cette affaire a été, malgré tout, avan-
tageuse pour moi. Elle m'a d'abord valu un
excellent ami, Hesselslohe. Grâce à elle j'ai
épousé ma femme et j'en suis enchanté.
Songez un peu, si je m'étais marié avec miss
Maud — mistress Cook, entre nous soit dit,
habite en Chine pour l'instant — je serais
passé à côté de ma femme. Or, j'estime que
j'ai eu beaucoup de chance à la loterie du
mariage.

Et c'est pour cela que je ne puis m'empêcher, de temps à autre, d'adresser à la chouette un coup d'œil reconnaissant. La voyez-vous, là-haut, sur l'étagère? Vous autres, messieurs, vous ne pouvez remarquer les regards, bienveillants et malicieux à la fois, qu'elle me lance, principalement lorsque j'en suis à ma quatrième ou cinquième bouteille de bourgogne....

Mais, diable! il commence à se faire tard et vous autres il faut que vous vous leviez de bonne heure pour aller à vos manœuvres.

Si nous allions nous coucher. Qu'en dites-vous? Allons, bonsoir, messieurs.

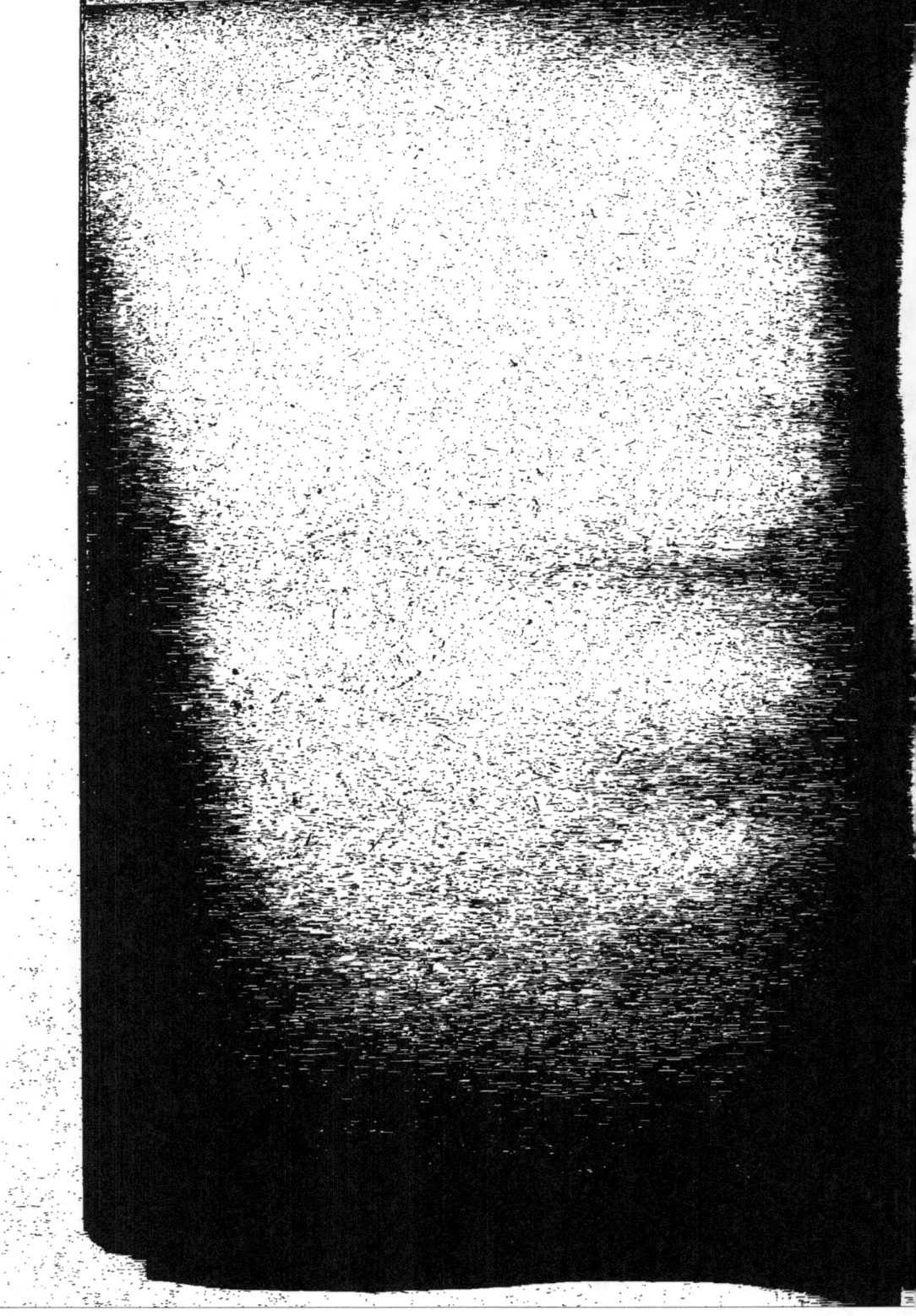

39 651. — PARIS. IMPRIMERIE LAHURE

9, RUE DE FLEURUS

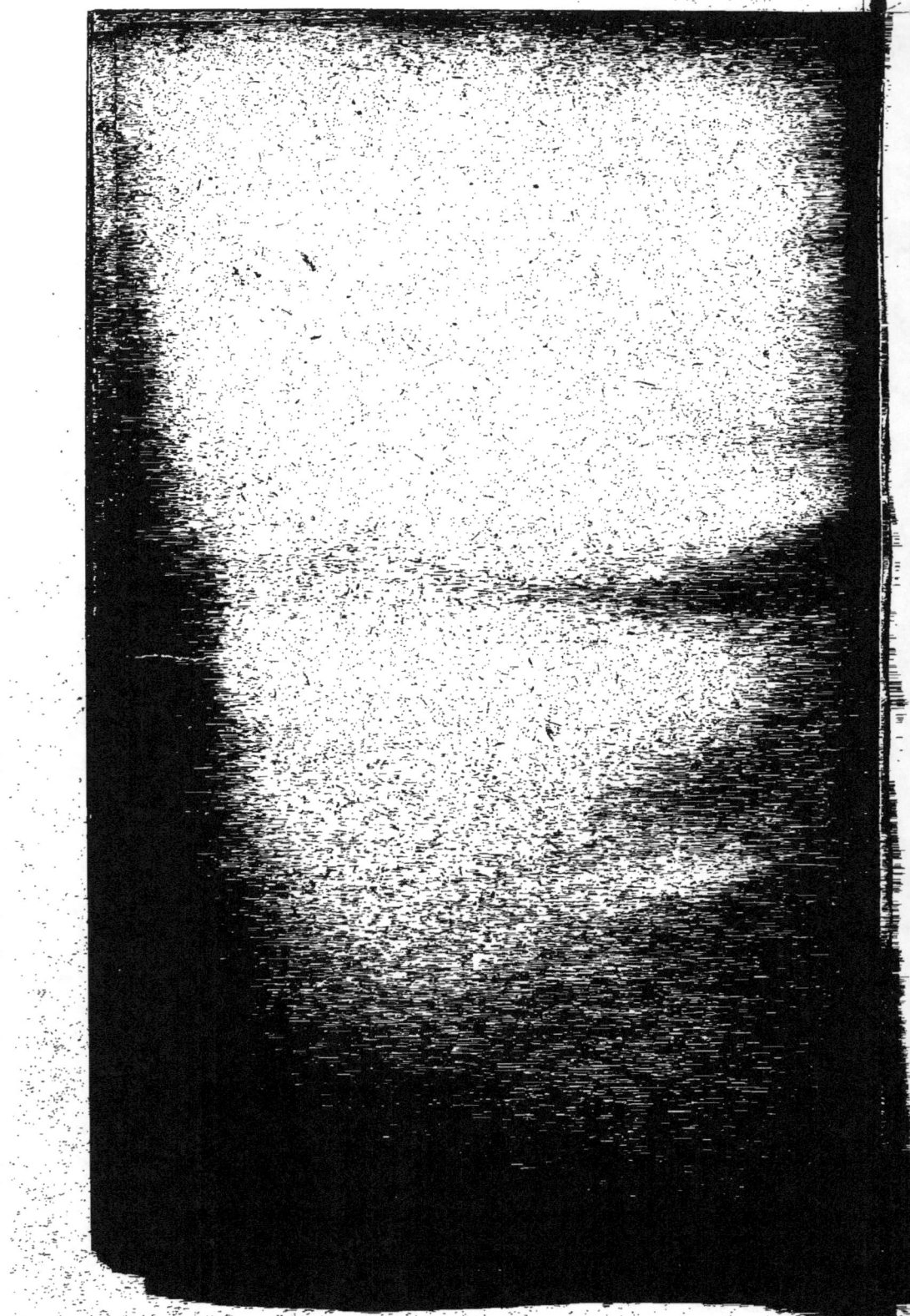

AVIS DE L'ÉDITEUR

Le but de la collection des *Auteurs célèbres*, à **60** *centimes* le volume, est de mettre entre toutes les mains de bonnes éditions des meilleurs écrivains modernes et contemporains.

Sous un format commode et pouvant en même temps tenir une belle place dans toute bibliothèque, il paraît chaque quinzaine un volume.

CHAQUE OUVRAGE EST COMPLET EN UN VOLUME

POUR LES Nᵒˢ 1 A 350, DEMANDER LE CATALOGUE SPÉCIAL

En jolie reliure spéciale à la collection, **1 fr.** le v[olume]

ENVOI FRANCO CONTRE MANDAT OU TIMBRE[S]

Imprimerie LAHURE, rue de Fleurus, 9, à Pari[s]

www.ingramcontent.com/pod-product-compliance
Lightning Source LLC
Chambersburg PA
CBHW061433030726
47503CB00005B/1398